我叫
比比比利

[英] 海伦·鲁特（Helen Rutter）著
安全勇 译

中信出版集团 | 北京

图书在版编目（CIP）数据

我叫比比比利 / (英) 海伦·鲁特著 ; 安全勇译
. -- 北京 : 中信出版社 , 2022.12 (2023.7重印)
书名原文 : The Boy Who Made Everyone Laugh
ISBN 978-7-5217-4796-6

Ⅰ. ①我… Ⅱ. ①海… ②安… Ⅲ. ①儿童小说－长篇小说－英国－现代 Ⅳ. ① I561.84

中国版本图书馆 CIP 数据核字（2022）第 177441 号

我叫比比比利

著　　者：［英］海伦·鲁特
译　　者：安全勇
出版发行：中信出版集团股份有限公司
（北京市朝阳区东三环北路 27 号嘉铭中心　邮编　100020）
承 印 者：北京中科印刷有限公司

开　　本：880mm × 1230mm　1/32　　印　　张：8.75　　字　　数：200千字
版　　次：2022年12月第1版　　印　　次：2023年 7月第5次印刷
京权图字：01－2022－5082
书　　号：ISBN 978－7－5217－4796－6
定　　价：35.00元

服务热线：400－600－8099
网上订购：zxcbs. tmall.com
投稿邮箱：author@citicpub.com

献给兰尼和克莉奥

目录

第一章

过去、现在和未来走进了酒吧。气氛顿时变得紧张……

我所说的每一个字都很重要。至少，我老妈是这么跟我说的。有时候，她还要我跟着她一起大声重复这句话。这么做……真是让人尴尬。你要是我的话，大声说什么都会觉得尴尬。

而现在，我就正在大声说话，大声——练习说话。对着镜子，一遍又一遍地练习。你会经常看见我站在镜子前面，因为绝大多数情况下，我的聊天对象都是镜子里的自己。我双眼紧闭，下巴紧绷……

“我我我叫比比比比利 · 普林林林普顿，我我我我有口吃。我叫比利 · 普林普顿，我有口吃。我叫叫叫比比比比比利利利利，我有口口口口口口吃。”

如果说话的时候不结巴，我的脸就会涨得通红，好像我在撒谎，言不由衷；如果说着说着结巴了，我一样会脸红，因为我觉得自己说话结巴笨死了。但我的言语治疗师建议我要多练习，所以，我就照做了——疯狂地练习！

这句话本来是跟人做自我介绍用的，但我只在卧室里跟自己说，从来没对其他人说过。我一直不希望跟人解释为什么我说话不利索，但这不容易。不过还好，如果有人提前告知了对方的话，跟我初次见面的人也就不会纳闷，不会一直想要搞清楚我到底是怎么回事儿。但也总有人会疑惑半天，你很难不去注意他们努力控制自己表情的样子。他们眼神复杂，像是在琢磨你是不是在跟他们开玩笑。而我，真希望这确实就是个玩笑。

开玩笑，或者说讲笑话，是我经常练习的另一件事。笑话——我的最爱！笑话意味着出乎意料地使用一些词语，甩出个包袱就能制造惊喜。例如，我现在就想到了一个，想想都觉得好笑。

“山山山山羊和骆骆骆驼最想把谁赶赶赶出动物园？羊羊羊羊驼！”

但如果连话都说不出来，又怎么能逗人笑呢？当你说不出话来的时候，讲笑话就变得特别困难。我说话的方式会毁了笑话里的梗，这很烦人。为了改变这种状况，我在视频网站上面花了不少时间。看看那些喜剧演员吧，人家说话多流畅呀！语速多快啊！还有那些观众，他们听得不知道有多开心！为了这一切，我拼命地模仿他们。

其实，有些时候我的口吃不是特别明显，并不总是重复一个字的发音，而是说着说着会忽然来一个大喘气。有些时候，我会无缘无故地拖长一个字的发音。这情形就好像我是在跟自己较劲儿，看我说出一个字最长能花多少时间。今天下午有一阵子，我就被“柠檬水晶”这个词给卡住了，似乎永远都说不出来。当时，我们在聊各自最爱吃的蛋糕，而我花了很长时间才把它说出口。这几乎让我不再那么喜欢柠檬水晶蛋糕了。有时候，有些字和词总是让我特别恼火，它们总好像故意要跟我作对。

今天，我妹妹克洛伊的朋友艾莎来我家喝下午茶。她俩在厨房里跑来跑去，嘴里不停地喊叫着“嗒嗒嗒——嗒嗒嗒——”。克洛伊特别痴迷小马驹。一进她的房间我就会头晕目眩，里面到处都是毛绒玩具小马，墙上也贴满了小马海报。我有点儿害怕马，但这件事我永远都不会告诉克洛伊。正因如此，我不怎么去她房间。

艾莎以前没来过我家。当我们吃下午茶点心的时候，我用我那结结巴巴的方式讲了一个新的笑话：“用用用用哪只手写写写写写字更好？”这时，艾莎问道：“你为什么这样说话？”问这话的时候，她就那么直截了当地盯着我看，手上还挑着一叉子意大利面。

这时，克洛伊替我解释说：“他说话的时候经常会被一些字卡住，他其实知道自己想说什么，但他的脑袋不让他把那些字好好地说出来。所以，你得等等他，等他把话说完。”

艾莎想了一下，然后吸溜了一口意大利面，说：“你这个样子说话，我还蛮喜欢的！”她能这么说，还真是可爱。

接下来，我一讲出笑点，她就被逗笑。“哪只手都不好，最最最最好是用用笔写！”她笑得那么开心，在我眼里，她更可爱了。

至少，艾莎是诚实的，而且她还开口问出了想问的问题。在第一次见到我的人当中，小孩子的反应往往要比大人好很多。他们要么跟艾莎一样，直截了当地问我口吃的事，要么根本不在乎。但最棒的是——有些小孩甚至似乎压根儿没有注意到我口吃。他们只是等着，等我继续说，像是知道我总会把话说完。老妈说过，这世界上问题多多，各式各样。但归根结底，是因为大家太过匆忙。而我，却能逼着他们再耐心一些，这其实是在帮大家的忙。

但当孩子们觉得我有问题，意识到可以拿这个毛病来捉弄或者嘲笑我的时候，麻烦就在所难免了。每当我憋着劲儿想说些什么的时候，他们就会在我眼前挤眉弄眼，或者捂着嘴巴咯咯地傻笑。其实，他们完全可以像艾莎那样，直接问我是怎么回事。

此外，我宁愿初次听我说话的大人们也这样做，也不愿意看见他们在我面前明明眉头紧锁，却还要挤出个微笑。看见他们那副样子，我很不喜欢。我喜欢看见人们笑得自然，而不是勉强为难。我总能察觉到有那么一刻——咔嗒，他们好像忽然间明白了什么——他们所听到的是一种言语障碍，而不是我故意为之。刹那间，他们看上去像是彻底松了一口气，而且对自己的反应感到满意。然后，他们就会开始展示自己应对这种状况的能力。根据我的经验，大人们主要分为四种类型：

鼓励型

这种大人表情冷静，面带微笑。他们会经常对你说“继续说……”“有意思……”“我明白你的意思……”之类的话。鼓励者还行，尽管有些时候他们会做得太过，会说些诸如“深呼吸……”“放松些……”之类的话。看见我说话明显特别费劲儿，还叫我放松——这就像对着一个正被老虎追赶的家伙大吼大叫：“你给我再跑快点儿！”总之，一有机会，这种类型的大人一准会这么干。

读心型

在我看来，这种类型的大人最常见，也最烦人。不管怎么说，很多大人在孩子们面前都会施展读心术，不管对方是不是口吃。而对我这样的，他们竟然也不放过。这类大人自认为他们非常清楚我想说什么，所以他们会“很好心”地帮我完成我的句子，但他们说的通常牛头不对马嘴。遇到这种情况，我一般都敷衍附和，因为想要说出自己真正的想法很费劲儿，我可不想再来一遍。

有一次，这种情况又发生了，我被迫进了厕所，虽然当时我根本不想小便。电影院服务台的那个女士显然以为我问的是“您能告诉我卫生间在哪儿吗？”，但当时我其实想问的是“您能告诉我爆米花在哪儿买吗？”。于是，她把我直接带到了卫生间门口——尽管那儿附近就立着个硕大无比、带着箭头的指示牌。没办法，我想我还是进去算了。后来，我索性爆米花也不买了。等摸回座位，我只是告诉老妈我改主意了，结果她来了句“真是个小怪咖”。你看，这就是有口吃的另一个麻烦，人们总会觉得你古里古怪。

开玩笑型

这种类型的大人最让人郁闷。他们见到口吃的我不知道该怎么办，结果竟然选择模仿我的说话方式来跟我“开玩笑”。相信我，遇上这种人的概率比你想象的要大得多。前几天去买东西，我不得不开口请一位头戴灰色帽子的老先生帮忙，请他帮我拿杯巧克力奶昔。结果，他竟然回应说：“行行行行行行，当然行！”说完，他还冲着我哈哈一笑，自认为幽默无比。我真是搞不懂怎么会有大人喜欢这么做，他们的行为简直莫名其妙。遇上这类人，我心里确实郁闷，但更多的则是疑惑。当然，这种感觉并不好受。

等候型

这种类型的大人算是最好的了。假如遇上口吃的人，你不妨尝试做个等候者。这类型的大人不多见，他们不介意等候，不管我被一些字眼卡多长时间，他们都会等我把话说完。一般我讲新笑话时会卡上半天，要想听我讲完一个短笑话，你得等很长时间。事情差不多就是这么个事情。我越是想说话，我的嘴巴就越是不愿意我说。不管怎么看，这事儿本身就像一个笑话。

但毫无疑问，也有些等候者并没有那么好。你不会相信，有些大人虽然看似在等你说完，但他们心里其实并不想等，而且你很容易就能看得出来。遇到这种情形，就很折磨人了。我很想对他们说：“不要紧的，你想做什么就去做吧，你这么等下去对我们俩来说都没什么意思。”但我不说，因为说这些要比我说完卡着的话更花时间。

“我叫比比比比……”当我转身对着镜子再次练习时，老妈从门口探头进来。

“比利，在跟谁说话呢？”她问道。

“没没没跟谁。”我指着镜子里的自己答道。

“天哪，要是这面镜子能说话就糟了，你的事情它可全都知道！”

“镜镜镜子，我跟你说说说的话，不许跟别别别人说，听清楚了吗？”看着镜子，我装出了一副恶狠狠的样子。老妈是个不错的等候者，在等我说完这件事上，我觉得她早已轻车熟路。

“嗯，你跟你的镜子可以再聊个十分钟，然后就上床睡觉，好吗？明天可是个大日子，你得休息好。”说着，老妈冲我挤了挤眼睛，然后消失在了门口。要是我一切正常那该多好，去班纳谷中学读书就不是什么难事了。我可得想尽一切办法，我要改掉这口吃的毛病，变得跟其他人一样。也许，我能变得比其他人还要好。想想看吧，要是我能成为全校最受欢迎的男生，那该有多好啊！

“你知道比利·普林普顿吗？他是最棒的，他这个人超有趣的！”

“对！每个人都想和比利·普林普顿交朋友，我觉得他将来肯定会出人头地。”

“比利，来吧，再给大伙儿讲个笑话呗。”

如果我不结巴，所有人都会在午餐时围着我，拼命想跟我做朋友，急切地要听我讲笑话……可要是做不到……我真不愿意想象在班纳谷中学读书会是一种什么样的体验。

像个正常的十一岁男孩那样说话，我也很想。而且我还把想说的和想做的都列成了清单。我喜欢把它们写下来，然后把它们分门别类。我有一本很酷的记事簿，它的样子像个火箭，非常完美。我把那些清单从记事簿上撕下来，钉在卧室里的软木板上。说过做过的我都会划掉，新想到什么则会再添上去。现在，那块板子上已经钉得满满当当。要不了多久，就得再弄块新板子了。也许，下回过生日的时候，我可以找爸妈再要一块做礼物。下面，我可以给大家看看我最喜欢的几张清单：

史上最搞笑的十大短笑话

这个短笑话排行榜一直在变。目前，排名第一的是：

孩子们在操场的另一边会发现什么？

答案：操场的另一边。

惹克洛伊哭鼻子的事情

这个清单乍看起来有些过分，但事实并非如此。能惹克洛伊哭鼻子的，其实都是一些很傻的事情。这是有一次我无聊的时候写的，每次看到都会让我大笑不止。目前排名前三的是：

1.冤枉她放屁了。

2.跟她说独角兽压根儿不存在。

3.用光着的脚丫去戳她的泰迪熊。

而最近，我列出的最重要的清单是下面这个：

摆脱口吃的办法

1.在镜子前面练习说话。

这是言语治疗师苏给我的最重要的一条建议。我很喜欢她，但到目前为止，她的建议还没起到太大的作用。我是五岁时开始结巴的，那年我在游泳池里差点儿淹死，老妈认为我就是在那之后开始结巴的。对于那次溺水记忆的真实性，我不是很确定，不知道那段记忆是不是我幻想出来的。就像有些记忆并不是来自现实，而是来自照片。又或者就像你反复听到一个故事，听得多了，你会以为那故事里说的就是你，但其实并不是。在那段记忆里，我的脚尖触碰不到池底，惊恐地乱蹬乱刨，而水面上人们的声音则模糊不清……直到现在，我还是不大喜欢游泳。

老妈说在那之后的第二天我就开始结巴了，她就是这么对苏说的。其实，我的曾祖父也口吃，所以苏回应说口吃好像也会家族遗传。于是，老妈便开始抱怨，抱怨那个游泳池和那个我从没见过的曾祖父。不管怎么说，对于溺水导致口吃这件事，我也不太确定。溺水之前的视频录像我看过不少，里面有一个是我三岁时拍的。当时我穿着一件小马甲，出现在老爸老妈的婚礼上，手里拿着两个戒指。还有一个是我四岁时拍的，视频里我正在讲敲门笑话。老爸说我很喜欢讲笑话，说我还听不大懂笑话的时候就喜欢讲了。

在那段视频里，我说："咚咚咚！"紧跟着，镜头后面的老爸就问："是谁在敲门啊？"我回答说："冬……是冬冬！"然后，我就觉得笑话讲完了，像个傻瓜一样哈哈大笑起来，笑得满地打滚儿，笑得忘了老爸还在问"哪个冬冬啊？"。虽然那个回答并不怎么有趣，但我当时偏偏就是觉得好玩。老爸说有一阵子只要一提"冬冬"这俩字，我就会傻笑半天。那个时候，估计大伙儿都拿我没办法。现在，我很高兴自己长大了不少，而且我的笑话讲得肯定也比以前好多了，虽然我很少跟人讲。另外，我再也不会让老爸拍摄我讲笑话的录像了，绝对不会。

在那段视频里，已经能听出我开始口吃了。而到了五岁，情况变得更糟糕了。苏认为就是在克洛伊开始说话那段时间里，我的口吃变得更“枣糕”了。（那段时间，克洛伊总把“糟糕”说成“枣糕”。我喜欢听她这么说，“枣糕”听上去可爱多了，用“枣糕”来说我的毛病听上去不会太沉重。当然，事实并非如此。）克洛伊开始说话，也就意味着我说话被打断的次数更多了。说实话，跟被水淹比较起来，我觉得说话总被打断更可能导致口吃。而且，我还觉得老妈不想让我怪到克洛伊头上去，怪一个游泳池或者什么曾祖父显然更合适些。

六岁的时候，有很长一段时间我不怎么结巴，但后来我又开始出现状况。也就是从那个时候起，我被带去见了苏。我开始在镜子前面练习说话，练了两年。所以，要是这种练习有用的话，应该早就起作用了。但也许这么做确实有效果，要是我没有一直练习跟自己愉快地聊天，说不定我会结巴得更厉害！这个险，我可不敢去冒。

2.阅读苏菲·贝尔写的《生活不结巴》。

有一次，老妈带我去买上学要用的书和文具。在她去卫生间的当儿，我偷偷用代金券买下了这本书。我不想让老妈知道我多想摆脱口吃，给她知道了的话，她只会更操心，她还会一直来做我的思想工作。我找遍了整个书店，有关口吃的书只有这一本。她回来时，我的脸绷得紧紧的，想尽量表现得放松些，但就在快要走出店门的时候，我撞翻了一个纸板老鼠模型和好几摞书。老妈说了句“真是个笨手笨脚的小家伙”。然后，我俩赶紧动手把那些书重新码好……至于这本《生活不结巴》，我明天就开始读。

3.喝一种我在报纸上读到的草药茶，网上称它为“母菊茶”。

（你可以试着结结巴巴地说出这种植物的拉丁名，我试过，不怎么好说。）这种草药茶，我是在博客上看到的。那篇文章是一个叫约翰的口吃症患者写的，他说这种草药茶能让“受到过度刺激的大脑”平静下来。也许，我的大脑就是这样。我要每天都喝上一杯，喝它一个月。但首先，我得先找到有母菊茶卖的商店。我去“乐购”和“阿斯达”找过，但这两家超市都没的卖。为此，我的零花钱倒是攒下了不少。

4.向言语之神祈祷，希望我的言语治疗师能找到一种终极治疗方法。

这个办法有些不切实际，因为言语治疗师做不到。他们不能根治口吃，只能帮着缓解症状。他们会教你一些呼吸和练习的方法，还会问你很多事情。他们问的事情不只是跟说话有关，几乎什么都会问，而且回答起来特别烧脑。苏人很好，看起来总是很愉快。她头发卷曲，微微泛白，总爱戴着一串看起来像彩色糖果的项链。虽然我们已经在一起努力了好几年，可到目前为止，我的口吃还是没能有太大改善。也许，除了祈祷，我还应该多完成一些苏给我布置的练习任务。上次她给了我一本小册子，里面有不少人物。他们被设计出来就是为了引导我，帮我改善结巴的说话方式。这些人，就是“顺溜家族”。他们每一个都代表着一种不同的口吃改进方法：

·“小曼曼”听上去像是一条小虫子，提醒你要慢慢地说。这名字……我觉得吧……起得没有想象力！

·“大绵绵”（这个名字也是够让人无语了！）则是提醒你要轻轻地说，把声母说得轻一些。也就是在你开口的时候，尽量不要把第一个字的声母说得那么重。这就有点儿像你在很无聊或者非常累的时候，有气无力地不好好说话。比如，你可以试试说“球”这个字。你不能把“q”这个声母发出来，但听起来你还像是在说“球”。这样说话奇怪得很，对不对？

·“顺溜”是要你开口说话的时候加个“呃嗯……”进去。所以，假如你总被“sh”音开头的字卡住，你就可以在那些字前面加上一个“呃嗯……”。比如，你说“蛇”的时候，就说“呃嗯……蛇”。苏说这么做几乎没人能察觉，但我总觉得这么干反而欲盖弥彰。凭什么“呃嗯……蛇”就比“sh-sh-蛇”要好呢？我想要的，是跟别人一样，直接说“蛇”。

小册子里有他们几个的画像。“大绵绵”看上去活像个巨大的雪球，脖子上围着条蓝色的围巾。册子里说“顺溜”是一个“酷哥儿”，可现在谁还会说“哥儿”这个词呢？真是尴尬。编写这类读物，我认为大人们需要请个孩子来当编辑，避免净说些诸如“酷哥儿”之类的蠢话。老实说，虽然苏很喜欢，但我觉得“顺溜家族”里所有的人物都有点儿幼稚。不知道等我十二岁之后，她是否还在跟我聊这些家伙，我希望千万别。我可不想上了中学还成天想着“小曼曼”和“大绵绵”。

明天，是班纳谷中学开学头一天，我得熬过去。要是有办法能避免开口说话就好了。也许，我完全可以用哑剧表演的方式来跟人打交道，就像查理·卓别林那样。假如我被一伙儿愤怒的不良少年欺负，我就用哑剧的方式哀求：“我又小又弱，请别伤害我。”我相信，他们肯定很容易就能明白我的意思。

不管怎么说，我就要在一个全新的地方从头开始了。只要我愿意，我就可以成为任何人，因为在新学校里没人认识我。也许，中学生活将会完全不同，我会交很多很多朋友，甚至没有人会发现我口吃。但我也很害怕，害怕中学里嘲笑我的家伙比小学里更多。

不管怎么说，在小学里，大家或多或少都习惯了我的说话方式。大多数时候，我说话的方式在他们听起来也还算正常。所以我也差不多忘了自己口吃这茬事儿。我的老师杰克逊夫人也很不错，她总喜欢点固定的几个人起来回答问题。我喜欢她的做法，因为我不是那几个人之一。而且当我拿铅笔在膝盖上敲来敲去时，她也不在乎。（可前一年的奥尔索普先生就不一样，他讨厌我这么干。他总会说："比利·普林普顿，今天我都跟你说多少遍了，别再制造噪声了行吗！"）

对我来说，六年级是最好的一个年级，因为我的资历终于熬到了最老。（不是个头儿最大——我身材矮小——但至少，我的资历够老。）高年级的孩子们都毕业了，午餐排队时，再没谁会来推搡我。这种感觉，真是太棒了。开大会的时候，我能坐在六年级的座位区；午休的时候，我还能去轮胎公园晃悠一圈。

阿什是我小学里最好的朋友——从某种程度上来说确实如此。我不确定我是不是他最好的朋友，但他肯定是我最好的朋友。每周四放学以后，他都会来我家，因为他老妈跟我老妈是朋友。所以，他别无选择，只能跟我做朋友。但我觉得他好像并不是很乐意，因为我俩在花园里玩耍的时候，他总爱捉弄我。

把班纳谷中学确定为我的首选志愿时，我非常开心，尽管我们班其他同学都选择去希尔山中学读初中。

"和阿什分开，你不会想念他吗？"在最后点击网页提交志愿时，老妈问道。

“我反反反正还是会看到阿什的，你不是一直都都要跟他妈妈妈聚的吗？”

“亲爱的，我确实是会跟他妈妈经常聚。我这么问，只是不想让你一个人……没别的意思。”

我反正总是一个人，但这话我没跟老妈说。在学校里，阿什很少跟我待在一起，没谁爱跟我待在一起。学校里有一帮喜欢耍酷的家伙，阿什总想跟他们混在一起。午休的时候，他就会去跟他们聚在台阶上吹牛，点评视频网站上的视频主播如何如何。而我，则是和五年级的学生们一起打篮球。这，就是我选择班纳谷中学的原因——这样我就可以重新开始，远离他们所有人。当然，还有一件事儿我也没有告诉老妈——阿什说他以后周四放学不再来我家了。

小学毕业那天，大伙儿都在彼此的衬衫上签名留念。阿什说：“咱俩上的初中不一样，最好也各交各的新朋友。反正我老妈说以后周四我可以自己回家待着，等她回家就行了。所以，咱俩以后就不用再见面了，祝你在班纳谷中学好运！”

“嗯，好吧，”我说，“你想想想想不想让我给你签签个……”我话还没说完，他就已经跑到那伙爱耍酷的人里面去了。不过，虽然他对我不太地道，但也不怎么刻薄，从来没有拿口吃嘲笑过我。

其他人就不一样了。当我在课堂上朗读时，或者当我在圣诞节戏剧表演中不得不说“咩咩咩……”时，他们就会那么干。我之所以扮演羊，是因为杰克逊夫人认为我的发音能完美地融进戏剧里。她知道我喜欢笑话，所以就让我专门为圣诞节表演找一些关于羊的笑话，这个主意还真是不赖。羊的角色总是对每个人说“咩咩咩……”，所以对我来说也就合情合理。就像玛利亚的扮演者会问：“约瑟在哪儿？他在旅店里吗？”而我就指着旅店里的酒吧回答说：“咩咩咩……”[①]这本来是要跟观众开一个玩笑，可当时我卡住了，憋了半天也说不出一个“咩”，结果完全搞砸了。

班上所有的孩子都咯咯地笑个不停，甚至一些来看表演的家长也纷纷捂起了嘴巴憋笑。那是我学校生涯里最糟糕的一天，搞得我整个圣诞节都郁闷不已，满脑子里都是那些刻薄的笑脸。

那些笑脸个个嘴角抽搐，挤眉弄眼。但当时阿什没笑，透过表演的面具，我看见了他。他只是盯着我，等我说完“咩咩咩……”。这就是为什么他是我最好的朋友，这就是我必须去一个新地方读书的原因之一。在那里，没有人记得我表演的圣诞节短剧，也没人记得我以往出糗的一幕幕场景。也许在那里，我可以找到更多像阿什那样的人，他们不会跟其他人一样冲我傻笑。

可同时，这也是我去班纳谷中学要面对的最大恐惧。以前，大家都嘲笑我。可我希望的是大家和我一起笑，我希望

① 在英语里，羊叫是“baa”，和酒吧“bar”谐音。——译者注

大家因为我讲的笑话发笑，而不是因为我的口吃。可问题是如果搞不定口吃，我连一个完整的笑话都讲不出。要是我讲不出，他们一准还是会发笑，因为错误的原因发笑。那么，我就会重蹈此前圣诞节短剧表演的覆辙，又会变成一个笑话。

可如果听不到我说话，他们就不会嘲笑我，对不对？这就是为什么我准备尽最大努力保持安静，什么也不说，直到我的口吃消失，直到完成我的终极计划！我不会再是口吃的那个男孩——比利·普林普顿，我将会是学校里最有趣的那个男孩——比利·普林普顿！

祝我好运吧。

第二章

龙为什么总爱跟骑士打架？因为它是龙不是马。

照了照镜子，我打了个哈欠。镜子里的我头上像顶着个鸡窝，睡眼惺忪，整个人还没有彻底清醒。一瞥之下，我看到了门背后挂着的班纳谷校服。它看起来意义重大，既令人兴奋，又让人有些害怕。

“早啊。”我一边高举双手伸着懒腰，一边冲着自己打了个招呼。然后，靠近镜子，我盯着镜子里的自己仔细打量。镜子里的我一脸轻松，双眼有神……突然间，我睡意全无。我不一样了！原本这只是一丝希望，一种微弱的念想，没想到现在竟然真不一样了。这种情形以前也出现过，通常是在有什么大事发生之前，在我知道自己不得不当众说话的时候。我有些忘乎所以，再次允许自己幻想奇迹。随着内心的希望不断升起，我的心脏开始怦怦直跳。奇迹发生了吗？一夜之间，我的口吃消失不见了吗？

“我叫比利……”

我做到了，我真的做到啦！没了，我的口吃消失了！正好赶在开学的时候，我的口吃消失不见了！然后，我继续开口说道："普普普普普普林普顿……"我的心一下子沉了下去。顿时，我觉得自己荒唐透顶，对着镜子狠狠地呸了一声。

有时候我在想，还是不要心存侥幸了。希望越大，到最后反而失望越大。我闷闷不乐，穿上了新校服。就在这时，楼下传来了老妈的喊声，催我动作快点儿。

吃完早饭，老妈一边帮我整理领带，一边念叨个不停："你的个头儿还这么小，怎么就要去上中学了呢？"

"老妈！别别别说了！"我打断了她，扣好校服外套的扣子，免得刚打好的领带又歪了。

正吃着玉米片的老爸抬起头来，笑眯眯地看着我俩。

现在，老爸可以经常待在家里了。打上周起，他就开始在镇上的报社里工作了，负责拍些新闻和天气预报用的照片。我老爸是个摄影师，以前他专门拍摄体育赛事，所以经常得出远门。去年，他还拍了奥运会呢。有时候，老爸好像不是家中的一员。不像我们其他人，他更像是一个有趣的客人。有一次，我正要睡着，忽然听到老爸和老妈在厨房里吵了起来。老妈说："天哪，伊恩，你不在家的时候我还省心些！"她的声音很大，但听上去疲惫不堪。我蹑手蹑脚地走下楼梯，坐在最下面那级台阶上，像往常一样竖起耳朵偷听……直到我听见老妈猛地把冰箱门关上，气鼓鼓地朝着门口走来，我才赶紧开溜。在被她发现之前，我迅速跑回了二楼。

以前我读到过一本书，讲的是有个小孩的父母离婚了，而起因就是一场发生在晚上的秘密争吵。听到老爸和老妈在楼下吵架，我第一时间就想到了那本书。坐在台阶上，我害怕极了，想着我该怎么做才能让他们别再吵了。不知道他们吵架会不会是因为我呢。现在，我尽最大的努力不去想他们离婚的事儿，但这念头总会在我睡觉时突然钻进我的脑袋里。不过从那以后，除了偶尔争论谁该去清理洗碗机之外，他俩再没吵过架，但世界上应该没人会因为收拾厨房闹离婚吧，是不是？

老爸觉得拍摄新闻没有拍体育赛事有意思，但他又说："可是比利，有时候生活中还有更重要的事情。"我猜他指的一定是我们。看起来，他是真的开心，很乐意能一直待在家里，而老妈也一样开心。因为天天待在一起，他俩甚至都变得傻头傻脑起来。

有一天，老妈躲进放衣服的大篮子里，然后突然跳出来吓唬老爸，跟个孩子似的。看到他俩那么开心，我也很高兴，离婚这茬事儿似乎已经被他们抛到了九霄云外。但一想起过去我还觉得他俩会闹离婚，就难免有点儿小尴尬。

校车停在家门口小路的尽头，我不得不跟老爸和老妈做工作，要他们千万别对着校车朝我挥手告别。他们想把克洛伊和她的啦啦球带到车站，你能想象那场景吗？在车站边上，你的老爸老妈带着你的小妹妹，而你的妹妹摇晃着两个粉色的啦啦球，边摇还边跳舞给你打气加油！还有什么能比这更让人出糗的吗？当我说“没门儿！”的时候，他们还假装摆出了一副非常伤心的样子。老爸甚至还带着哭腔大声抱怨道：“可我们爱你呀！”

校车酷极了，车上的天鹅绒座椅靠背很高，活像一辆豪华的大马车。学校没用常规的双层巴士来接人，因为这儿附近没有多少去班纳谷上学的。在等车的学生里面，我是唯一穿着班纳谷中学校服的。对于这种情形，我没有任何问题。

在我们以前的班里，除了我之外，只有斯凯拉·诺金斯选择了班纳谷中学。而她，跟我一样，也不怎么合群。至于其他人，都选择了希尔山中学。现在，他们都穿着带有希尔山中学校徽的红色绒衣外套，而外套里面的内搭却是各种各样，全凭个人喜好。有个身着希尔山中学红色绒衣校服的女孩头发是粉的，脚上穿着运动鞋，身上还穿着条有破洞的牛仔裤……看来，希尔山中学并不介意学生们的衣着打扮。可班纳谷中学就不一样了，如果你外套里面的衬衫没有穿好，就会受到警告。

之前我去试穿新校服时，老妈带着我走进一扇棕色的门，上了一家很小的体育用品商店的二楼。在那样的地方买校服实在是很奇怪，我就问老妈会不会买到假货。她听了之后非但没有回答我的问题，反而笑到不行，笑到脸上皱纹都出来了。要知道，当时我可不是在讲笑话。有时候我真是搞不懂老妈的笑点，她究竟是在和我一起笑呢？还是她根本就是在笑话我呢？相反，当我跟老妈讲下面这个最新的头号小笑话时，她竟然没笑。

问：一只准备冥想的鸡蛋将会想念谁？

答：静静。

我的意思是，一只鸡蛋竟然准备冥想，这难道还不搞笑吗？而且我讲的时候还专门做了个搞笑的嬉皮士鬼脸，摆了个冥想的姿势。我原本以为老妈会喜欢这个笑话，因为她经常练瑜伽，而且总是试图让我也跟着一起冥想。她会播放一些《云上漫步》之类的有声书，但背景音乐太傻，那些东西绝对不会让我放松，反而总是让我抓狂。

我跟老妈讲了鸡蛋的笑话，可她听完只是揉了揉我的头发。我觉得她可能没听懂，或者是我应该再努力提升一下我的表演技巧。这个笑话我要再跟我的姥姥讲一次，所有的笑话我都会跟她讲，这样就可以测试我的笑话搞不搞笑了。

第一次看到我穿校服时，姥姥很为我骄傲。我们的校服是藏青色的，翻领上有道红边，胸前的兜上绣着班纳谷中学的校徽。那校徽是一只孔雀，漂亮极了。我总爱时不时地摸摸它，看看它还在不在。它摸起来硬硬的，给人一种很重要的感觉。而且穿上这身校服时，我觉得自己都跟着变得重要起来。

看见我穿上新校服，姥姥激动得都快要哭了。她摩挲着我的领带，嘴里不停地念叨着："这校服真不错，领带也不错，希尔山中学的绒衣校服邋里邋遢，跟你这可是没法儿比。那个学校的学生看起来像是没人管，照我看，一所像样的学校就得有一套像样的校服。"

在车站等车的时候，我看到了希尔山中学的新生们。他们身着"邋里邋遢"的绒衣外套，挤上了另一辆巴士。对他们来说，这也是头一天去学校。他们的手按在雾蒙蒙的车窗上，擦出了一个个圆圈。透过这些圆圈，我看到了一张张熟悉的面孔。他们隔着车窗向外张望，活像一群幽灵。我还看到了那帮爱耍酷的家伙，他们中的那些女孩都弯腰低头，玩着手机。车里的阿什注意到了我的目光，朝我微微点了点头。我忽然感觉自己有点儿傻，也许，我应该跟阿什待在一起，跟他们待在一起。其实他们也并不是那么糟糕，也许未来跟他们在一起，对我来说才是最好的？就在这时，我的"豪华马车"驶进了车站，我不得不把他们抛在脑后，开始面对属于我自己的崭新生活。

车上的空座位很多，我在车的中间位置坐了下来。我把书包放在膝上，偷偷地环顾四周——嬉笑吵闹的孩子照例坐在后面，书呆子们都坐在前面。而我，则选择了坐在中间，这个位置很完美，最不引人注意。小学生活也不完全一无是处，它教会了我一些非常重要的生活准则，这些准则如此重要，以至于都出现在了我房间里的软木板上。这样一来，我就能在任何有需要的时候提醒自己。

隐藏自己的八大准则

1.别做出头鸟。

克洛伊做事就太过心急，无论啥事儿她都想要先来，总想出风头。前几天我们去看牙医，女医生问道：“好吧，你俩谁先来？”克洛伊一听就跳起来嚷嚷道：“我我我！我先来！”好像有人在你嘴巴里戳来戳去是什么好事儿似的。不管做什么，我都讨厌第一个去做。先让别人去吸引所有的注意力，等轮到我时，就没人会对我感兴趣了。就像牙医听克洛伊讲完独角兽的故事之后，就没再向我提问了。于是，我就轻松了，可以一直保持沉默。

2.别做最后一个。

就和做第一个一样，做最后一个也会压力巨大。课间休息结束时，人们总会注意到最后走进教室的那个家伙。而考试的时候，最后交卷的学生同样也会备受关注。“最后一点，但同样重要的一点是……”人们常挂在嘴边的这句老话其实早就说得很清楚了。那要怎么做才能成为不重要的那一个，不被人们关注呢？我来告诉你答案——成为中间的那一部分人。

3.不要大声打喷嚏。

每次一打完喷嚏，我老爸就会唱歌：“阿嚏——小猫咪，喵喵咪呀，喵喵咪。”他这歌老掉牙了，但老妈每次还是会被老爸逗得捧腹大笑，这事儿怎么看都够尴尬的。有一次，老爸来接我放学，打了个喷嚏。结果——我的天哪，几乎所有人都听到了！第二天，简直就是个噩梦，所有人一整天都不停地假装打喷嚏！这事儿其实也蛮有趣的，但还是教会了我打喷嚏绝不能太大声！

4.别打嗝。

四年级的时候，有一次哈蒂·希斯罗普身体不舒服，她的嗝闻着一股子臭鸡蛋味儿。每打一个嗝，她还会叫出声来。而一听到她的叫声，我们每个人就会赶紧提前捏住鼻子。说实话，那嗝的味儿简直是世界上最糟糕的味儿。后来她虽然好了，但她打嗝这事儿大家始终都记着。大伙儿后来还把这事儿放进了“二选一”挑战游戏①的选项里，调侃了她好几年。

“你是愿意像哈蒂·希斯罗普一样打嗝，还是愿意因为放屁触电而死？”

“你是愿意像哈蒂·希斯罗普一样打嗝，还是愿意长着蠕虫一样的手指？”

有一段时间他们最喜欢这么问：“你是愿意像哈蒂·希斯罗普那样打嗝，还是愿意像比利·普林普顿那样说话？”

---

① “二选一”挑战（Would You Rather），是西方年轻人中流行的一种小游戏。轮到的游戏参与者必须在两件困难的事情里面选一个。——译者注

因为他们很难在这二者之间做出选择，于是干脆就把它们放在一起了。

5.别笑太多，也不能完全不笑。

笑太多=笑点低得过了分

根本不笑=性格太过古怪

莉莉·克莱斯威就太过爱笑，而且总因为一些没什么意思的事儿笑个不停。有一次，她在课堂上朗读一首关于战争的诗歌（这种诗歌明显并不好笑）。读着读着，她竟然开始咯咯地笑了起来。当时我就看出来了，杰克逊夫人已经不开心了，可莉莉却越笑越起劲儿。而弗雷泽·汤普森则是另一种情形，他从来都不笑。大家都说他是个怪人，相互怂恿去逗他笑。不管怎么说，我得感谢莉莉和弗雷泽，是他俩让我没去犯这一类错误。

6.千万别放屁。

如果你当众放了一个屁，别人的反应准会让你记一辈子。关于这一条，我甚至都不用解释，想必世界上任何地方的孩子都知道这条准则吧。七八岁之后，在学校里放屁是一件非常恐怖的事儿。有一次默读的时候，我居然放了一个屁。幸运的是，当时我坐在放屁大王艾玛旁边。她经常放屁，特别是在体育课上做拉伸运动的时候，所以大家都以为那个屁是她放的。所有人都捂住鼻子，假装无法呼吸……那情形真是让我心存愧疚，可愧疚归愧疚，我还远没愧疚到胆敢承认那个屁是我放的。

准则 1 到准则 6 适用于任何学校里任何十一岁的孩子，大家如有需要，尽管拿去用就好。而准则 7 是所有准则里的重中之重，但它只适用于我。

7. 不要发言。

无论在什么事情上发言，我都会引来不必要的关注。我不想提醒别人我有什么问题，但说话对我来说确实是个大问题。

我把苏菲·贝尔写的《生活不结巴》放在书包里，或许它能给我答案。然后我就可以走下这辆校车，成为一个全新的人，开启崭新的生活了。我紧紧抓着这本书，深深吸了口气，闭上双眼许了个愿。然后，我悄悄环顾四周，这会儿没谁能看见我，我尽量把身体蜷缩着。我可不想让别人知道我在读什么书，所以，我撕掉了书的封面，把书心藏到了旧书《勇者斗恶龙》的封面里面。

我还是很紧张，生怕有人越过我的肩膀看到书上的内容。我又看了看四周，没有人在看我。我这才放松了些，翻开了这本书的第一页。

可这书也太无聊了吧！它并没有告诉我任何技巧，也没有告诉我应该怎么去做，只是一直在谈“要自信”。我说话听起来就像一个出了故障的机器人，这让我怎么自信?！我打赌苏菲·贝尔压根儿就没有口吃！我继续往后翻看……在所有的章节里，没有一章提到实用技巧、场景演练或者准则清单。我使劲儿地合上了书，结果引起了一个小孩的注意，他转过头来瞄了我一眼。或许，我应该把这个也写到隐藏自己的准则清单里面去。

8.不要突然折腾出大动静。

我把书塞进了书包，看这种书肯定行不通，肯定没法赶在开学前解决掉口吃这个麻烦，真希望我当时用代金券买的是雷克·莱尔顿写的奇幻小说。好吧，摆脱口吃清单里的第二个方法可以划掉了。接下来，我得尝试第三个方法——草药茶，我得找到有这个茶卖的地方。可问题是原本我还指望这本书，指望它能教我一些新东西来应付今天的开学报名！开学报名啊，真是愁人……不过，我可以一个星期不说话，很简单的。但被叫到名字时，我还是不得不回应。我一直对着镜子练习不同的技巧，但这让我感觉更紧张了。唉，压力好大。

你有没有注意到过，你越是拼命想让某件事情朝着某个方向发展，往往越会事与愿违？我走出校车，第一次踏进班纳谷中学，忧心忡忡……

第三章

为什么男孩要把他的手表扔出教室窗户？因为他想看看……什么是光阴似箭。

走进班级固定教室那一刻起，我就知道要小心眼前的这个家伙。进去没多久，我的“安全雷达”就感应到了他。他歪歪扭扭地坐在椅子上，领带松松垮垮，双腿叉开，好像是嫌自己的地盘儿太小。我知道他这副模样准会被老师警告，可他看起来对警告毫不在乎。他甚至可能还喜欢被警告，而且还有可能要把那些警告收集起来，然后把它们像奖状一样贴在家里的墙上。

他吹着口哨，到处乱瞄，像是在寻找什么“猎物”。我避免跟他对视，要在离他尽可能远的地方找个位置。我看见了斯凯拉，朝她点了点头，她正坐在教室里靠后的地方画画。她身穿班纳谷校服，跟小学时比，不再那么邋遢。过去大伙儿经常嘲笑她，因为她的衣服总是太小，而头发又太乱。可是现在，虽然她身上的校服看起来有些大，但干干净净的；她的头发还是有点儿蓬乱，但远不像以前那么糟糕。

也许，今天是开学头一天，她特地梳理过。

斯凯拉特别擅长画画。小学时，每回午休时她都会坐在操场的角落里，拿着素描本和铅笔画画。有一次，杰克·劳斯抢走了她的素描本，到处乱扔。那本子在空中飞来飞去的时候，我瞥见了上面画着一幅幅肖像。那些肖像画得很棒，眼睛都很迷人，但又有点儿吓人，像幽灵……后来，她一拳打在了杰克·劳斯的鼻子上，拿回了素描本。斯凯拉就是这样，不在乎别人怎么看她。

走过去跟她做同桌，我不是没想过。但我不能坐在一个女孩边上，那样会太引人注意。

而且，自从斯凯拉给了杰克一拳之后，我就有点儿怵她。我注意到了一个金发蓬松，看起来很“正常”的男孩。他，就是我要找的人，一个我可以用来充当人形护盾的家伙。他的正常可能会分散大家对我的注意力，使我看起来也很“正常”。与此同时，那个男孩也看到了我。

“嘿。”他一边随意跟我打了声招呼，一边挪开了他的书包，方便我坐下。我点头冲他微笑，尽量不让自己笑得太过而显得古怪。接着，他继续和坐在他身后的两个男孩聊天，看来他们彼此之间已经熟络起来了。

我看向和他交谈的另外两个男孩，开始怀疑自己是否选对了座位。其中一个男孩个儿特别高，我是说，他长得也太高了！他即使是坐着，我也能看得出来他很高，活像个卡通人物。他的两条长腿在桌子底下交叉着，上半身弯着，弯得像一张大弓。另一个男孩看起来很普通，但他飞快地搓着双手，像是根本停不下来。他的腿在桌子底下抖个不停，似乎浑身是劲儿没处使。可惜现在太迟了，不太好换座位了，所以我只好坐在那儿假装摆弄书包。

对于入学报到，我有个计划。这些年，一直跟镜子里的自己练习对话，我俩彼此已经很熟悉了。针对入学报到，我根据讲笑话的经验总结了四种不同的应对方法。

说话不卡壳的四种方法

1.轻声说话。

不知道为什么，当我轻声低语时，我可以想说什么就说什么，从来都不结巴。不过这种方法仅限于离人足够近时才有效，离得一远别人就听不见我在说什么了。平时在家，我就经常轻声说话。最近，我想到了一个新主意——我想试试对着麦克风小声说话，看看我的声音听起来够不够大。或许我可以整天悄悄戴着个隐藏的麦克风说话。如果这样可行的话，我就能做一个以低语著称的喜剧演员了！“女士们，先生们，请不要吝啬你们的掌声，让我们掌声有请——低语者比利！”好吧，这主意听起来确实是有点儿古怪。也许，我还能想出什么更好的办法。

2.唱歌。

要是我能生活在歌剧里就好了。在歌剧世界里，人们只需要用歌唱来表达自己，而不用说话。可我总不能一辈子只用唱歌的方式来跟人交流吧，对不对？想象一下，你走进一家商店，对收银员唱道："欧哦欧哦耶耶……我想要买一块玛氏巧克力……"人们肯定会认为我是个神经病！用唱歌的方式讲笑话也很奇怪，我已经试过了，唱着歌讲会毁了我的笑话。唱着歌完成入学报名？呃……听上去更古怪了。

3.说梦话。

很显然，这主意可不是我从镜子里面找到的，而是老妈跟我说的。以前老爸经常出差，我有时候会跟老妈一起睡，但她说我说梦话吵得她睡不着。有一次我说梦话，老妈还特意用手机录了下来……这可真是够让人抓狂的！当时我在说什么要把东西反过来放进垃圾桶，总之是在说些胡话，我自己都听不懂在说什么。但听到录音时，我的第一反应却是——我说梦话的时候竟然不结巴！

有时候我还会梦游，把老爸和老妈吓得不轻。老爸说他有一次熬夜看电视，看见我慢悠悠地走进了客厅，像僵尸一样杵在那儿。老爸当时就问我："比利，你干吗呢？喂，小伙子？"我却一点儿反应也没有，于是他只好把我弄回了床上。第二天老爸问起时，我却好像失了忆，一点儿也记不起来了。真是奇怪！老妈说我梦游是因为我的小脑瓜里装了太多事儿，它太累了，从来没有放松过。真是搞不懂，我一直都觉得自己很会放松。特别是跟“面包姥姥”一起看纪录片《蓝色星球》时，或者读我最喜欢的笑话书时。可老妈不这么想，她总觉得别人都应该像她那样才能放松——点些个香薰蜡烛，躺在浴缸里看杂志。

报到点名需要回答问题的时候，我要是能睡着就好了。

4.打鼓。

如果我在膝盖上敲出节奏，随着节拍说话，我结巴的症状就会减轻一些。几年前，我开始坚持边打节奏边说话。但好景不长，这种方法用多了就不怎么管用了。于是我更加努力地练习，敲得越来越多，越来越使劲儿。我要努力再努力，让这个方法重新奏效。后来，老妈和苏都表示“说话的时候，不打拍子可能更好一些”。老妈说：“比利，你打着拍子说话，听起来像卫星导航，而且看上去像是手脚也有问题。”她们认为这么干可不行，还不如干脆只是结巴着说话。不过，这个经历也是一件好事儿——它让我意识到我特喜欢打鼓！一直以来，我都在练习打拍子，而且我觉得自己打得很棒。所以，我太想要一套真正的架子鼓了。但老妈却说：“绝对不行！”她总是喜欢说：“绝对不行！”

在好多事儿上她都这么说。

“老妈，我们能养只狗吗？”

“绝对不行！”

“老妈，早餐我能吃冰激凌吗？”

“绝对不行！”

“老妈，能给我买一套架子鼓做生日礼物吗？”

“绝对不行！”

在琢磨过上述所有的方法之后，我跟镜子里的我决定采用一种组合技巧——老师点到我的名字时，我就举起手，低声说：“到。”然后，我就咳嗽咳嗽清清嗓子，假装有东西卡在喉咙里了。这样一来，咳嗽就解释了我为什么低声说话，这样就可以避免在大家面前结结巴巴地说话了。反正在镜子里面看，这么干效果很不错。我不确定自己是否每天都能这么干，但眼下看来，这么干完全行得通。

“威廉·布莱克莫？”老师开始点名登记了。那个领带松垮的男孩应声道：“干吗？”

大家都笑出了声。老师扫了他一眼，似乎在考虑要不要当众责备他，但没说什么，只是继续点名登记。现在，我更加确定了——威廉·布莱克莫绝对是个我得注意的人，我要当心这个家伙。

名单上的下一位是我身后的高个子马修·库姆斯，乔希·戴就是那个“抖腿哥”，而坐在我身边的则是亚历克斯·科比。亚历克斯的耳朵里塞着个塑料玩意儿，我怀疑他在听音乐，可那个小玩意儿看起来并不像耳机。要是我说话不结巴的话，我一定会问上一问。当老师终于叫到我的名字时，我的脸唰的一下就红了。我启动了我的计划，而且我认为效果很不错，似乎没有人发现我有问题。在轻声回应老师和一阵咳嗽之后，我偷偷瞄了瞄四周，没有人看向我。完美！我心中窃喜，或许镜子里的所有练习都是值得的。我大大地松了一口气，溜了出去面对接下来的其他课程。今天，只要点名，我就拿出低语加咳嗽的妙招。而其他时间里，我一个字也不说。也许，我的中学生活，终究会好起来的！

在上午余下的时间里，我手里拿着课程表，在校园里一通乱走。作为一个新来的“班纳谷男孩”（姥姥现在坚持这样称呼我），我现在最大的麻烦就是找不到各科上课的专用教室。教室的编号都很奇怪，美术课要去R1教室上课，地理课要去E11教室。R和E代表什么，我哪里知道？我要是校长的话，一定会把这些字母统统处理掉。

本来，高年级的学长们应该照顾我们这些新生，在我们迷路的时候伸出援手。但他们都忙着扎堆儿聊天嬉笑，压根儿就没人注意我。不过，这对我来说反而是件好事，我最不希望的就是回答高年级生的提问。那样的话，我就又得找个新的借口不去回答。所以，想找到要去的地方，我只能继续碰运气。等我赶到西班牙语课教室时，已经迟到了一刻钟。好在老师只是冲我说了句西班牙语，并示意我进去。等找到位置坐下来，我赶紧低头摆弄书包。所有人都在盯着我看，我能感觉得到。

为了装新书，我特地准备了一个新书包。新书包是个黑色的背包，上面有些小小的灰格子图案，看起来像是些像素块儿，而且包里面隔层和口袋不少。这包又酷又大，大到我几乎能把整个脑袋都塞进去。当然，我是不会那么干的。如果我把脑袋伸进书包，一定会吸引更多的目光。

第一堂历史课上，我在书包里翻来翻去，怎么也找不到我的钢笔，顿时就慌了。历史老师是爱博尔女士，眼角布满皱纹，看起来非常和蔼。即便没有笑，她看起来也总在微笑。虽然并没有发问，但她清楚我遇上了麻烦，微笑着悄悄放了一支钢笔在我的桌上。

爱博尔，我觉得这名字对老师来说真是好，人如其名，听到这名字就知道她博学友善。说到这儿，我就忍不住想要列一个新的清单——适合老师的好名字。上小学时，有个老师叫福兰德礼先生，这个名字也一定会在清单上排名靠前。当然，这可能也意味着我还可以另列一个清单作比较——不适合老师的烂名字。老爸说他曾经有一个老师叫方僻先生，大家有时会故意轻读第一个字，声音轻到别人几乎听不到，或者读错第一个字的声调，叫他放屁先生。如果起了这类名字，我觉得你最好还是考虑一下……自己是否真的适合当老师。

事实证明，我对威廉·布莱克莫的看法没错。他每节课都会捣乱，爱插嘴点评，喜欢大声嚷嚷。看得出来，老师们也都跟我一样，时刻都在提防他。我尽量不坐在他身边。午休过后，我们回到了班级固定教室。布莱克莫不停地到处摆弄女孩们的文具盒，惹得她们一阵尖叫，纷纷要他住手。你看，这才开学第一天，他就这样了，以后肯定会变本加厉。从我身边走回自己座位时，看到我在看布莱克莫，“抖腿哥”乔希低声对我说：“布莱克莫最讨厌了，他是我小学同学，他什么德行我最清楚了。”我点了点头，露出一副感同身受的表情。他应该没有注意到我什么也没说。

低语加上咳嗽，应付下午的任务应该同样好用。新生入学须知和课程时间表上午都发好了，所以，午休过后，我们多出了些时间开班会。奥修老师跟我们讲了有关他的一切。他告诉我们他喜欢吹小号，还养了一只叫作特伦斯的小狗，他还把他的小号拿出来给我们看。我真心喜欢小号的触感，它摸起来冰凉顺滑，按键按着感觉很棒，而且比我想象中要重得多。奥修老师喜欢爵士乐，每天午休时，他的“奥修先生音乐休息室”都会开放。那是个音乐俱乐部，在那儿你可以听听音乐，玩玩桌游。要不要也去看看呢？我还没打定主意。

正想着我的第一天过得有多棒时，我忽然听到奥修老师说：“现在各位对我都有所了解了，而我，也想要认识一下大家。”天哪，我有一种不祥的预感，我知道接下来将会发生什么。

“所以下周一，”他继续说道，“我希望大家各自从家里带一件东西来，跟我聊聊你们的事儿，好让我更好地了解大家。”我僵住了，直勾勾地看着他，不敢相信他刚刚说的话。“我会给你们几天时间来准备想说什么，来告诉大家是什么……使你成为现在的你。”

这怎么行？只要我一开口，不用多说，新学校里的所有人就都会知道是什么……让我成了现在的我。我的计划是守口如瓶，不是什么“开口谈心”！

我应该有的选，对不对？就像小学时，阿什不想解剖猪的眼球，他就没干。对我来说，这事儿跟解剖猪眼一样恐怖。如果我不想说话，我就应该可以选择不说。我开始惶恐不安，想大声呼喊：“不！你们不能逼我！我不想说！”可显而易见，这话我说不出口。我只能埋下头，双手握拳，不停地颤抖。

如果还没搞定口吃我就不得不开口，那我在班纳谷就没法儿成为一个全新的我了。

我……需要一个全新的计划。

第四章

什么熊对苹果酥一点儿也不感兴趣？
泰迪熊。

为了庆祝我正式成为班纳谷男孩，爸妈带着我来到了姥姥家喝茶。姥姥做了我最爱吃的小点心——苹果酥。以前，我一直叫她姥姥。几年前，有一次老爸过生日，我们去餐厅吃午饭庆祝。点餐时，听到爱吃面包的姥姥只点了份面包，克洛伊便咯咯直笑，笑得完全停不下来。因为，她觉得“面包”和“姥姥”两个词的后一个字听上去特别押韵，于是便一直“面包……姥姥……面包姥姥”地叫。从那以后，我们就开始喊她“面包姥姥”了。

以前，每周二放学以后，我都会去面包姥姥家，而面包姥姥也总会在周日我踢完足球赛后来我们家。

享用了苹果酥之后，我们都窝在碎花沙发上，捧着手里的特浓利宾纳果汁，重温一集《神秘博士》。每每看到吓人的地方，老妈都会遮住克洛伊的眼睛，不让她看。有意思的是，电视剧里有一个小演员长得很像我们班的斯凯拉。

"比利，这个小演员看起来像不像你们班那个邋遢女孩？她叫什么名字来着？"面包姥姥问。

"斯凯拉。"我答道。

"真好，对你们俩来说，在新学校都有认识的人，是不是？"

"算是吧，"我说，"但我今天还没跟她说过话。"实际上，我今天没跟任何人说过话。不过，这事儿我没跟面包姥姥说。

不知道为什么，和面包姥姥在一起的时候，我说话不怎么结巴，尤其是单独和她在一起的时候。读小学时，每周二放学以后，老妈都会把我送到面包姥姥家，然后再带克洛伊去舞蹈房。每每这个时候，我就会和面包姥姥一起玩扑克牌。现在，我去班纳谷上学了，老爸也回来了，我还会像以前那样经常跟面包姥姥见面吗？我不知道，但愿还会。

跟我说话时，面包姥姥总会认真地看着我，听得也很仔细。她绝对是一个"等候者"。面包姥姥说她的眼睛和耳朵越来越不中用了，所以必须集中精力听我说话才行。

面包姥姥一直一个人住，至少有十来年了。在我出生前，姥爷就去世了，面包姥姥说他是个"坏脾气的老家伙"。所以，我觉得她不会太想念他。不过，面包姥姥总是一个人待在闷热的公寓里，我觉得她肯定很孤单。不知道她整天都在忙活些什么，但我知道，她一定很喜欢有我们在的周二。

打完牌后，我跟面包姥姥通常会一边吃着茶点，一边听她最喜欢的音乐，用卡带式录音机播放的那种。然后，我们还一起看纪录片《蓝色星球》。我俩最喜欢的是第二集里的小飞象章鱼。之所以叫这个名字，是因为它的耳朵很大（跟迪士尼动画片里小飞象的耳朵一样大）。在节目里，它和它的两只大耳朵一起翩翩起舞。（当然啦，显然章鱼是不会飞的，但当它在水里游动时，看起来就跟在天上飞一样。）面包姥姥很喜欢它："这种生物长得可真是奇怪啊！呃……比利，但这个小家伙是真漂亮啊，往往最奇怪的反而也是最美妙的，不是吗？"

在我说话时，如果人们也能像面包姥姥那样看着我就好了。跟我说话的时候，你要是能停下手里的活儿，认真地看着我，仔细地听我说，能让我说得更加顺畅。不能像老妈那样，一边泡茶、听收音机、帮克洛伊做拼读训练，一边还要装着对我说的话很感兴趣。当然啦，我说话的时候即使你真的看着我，我还是会结巴，但我喜欢那种被倾听的感觉。

面包姥姥超级喜欢我讲的笑话，每次见到她，我都会给她讲个新笑话，她是世界上最好的听众。如果我没有这可恶的口吃，我一定会成为一个脱口秀喜剧演员。这是一个秘密，除了面包姥姥，我没跟任何人说过。如果有人问我这个愚蠢的问题："你长大后想做什么?"——大人们似乎总爱问这个问题——我会说："会计。"这个回答似乎总能让他们很快闭嘴。

有一次，我试着回答说“汽车司机”，但他们却接连问了我一连串关于汽车的问题，可我压根儿不喜欢什么汽车。所以，我就问老妈什么是世界上最无聊的工作，老妈告诉我是会计。我甚至都不知道会计到底是干什么的，老妈说会计得天天和数字打交道。可对我来说，这工作听起来并不无聊，因为在所有的课程里，数学我最拿手，而且回答会计似乎很管用。我永远也不会告诉别人真相！想象一下，如果我说“我想想想想做做做做做个喜喜喜喜喜剧演员”，听到的人会是什么表情？

有那么一刻，我觉得自己当喜剧演员的梦想永远也不可能实现。而且，那一刻，我永远不会忘记。那是一个周二的晚上，我和面包姥姥刚吃完茶点，依偎在沙发上，准备看《蓝色星球》。我们一打开电视，一个喜剧演员就突然出现在了屏幕上。他正在讲故事，说他养的狗狗喝干了马桶里的水。我以前从来没在电视上看过喜剧表演，更不知道那是个正当职业。他没在讲笑话，我的意思是，没有像我那样讲书里的笑话，他讲的都是身边真正发生的、特有趣的事情。台下坐着一大群观众，他们笑得前俯后仰，不停地擦着眼角的眼泪。而他，就那么站在舞台上，站在漂亮的红色天鹅绒幕布前面。这样的场景，简直让我难以置信。

和面包姥姥坐在沙发上，我想象着自己也像那个喜剧演员一样，站在舞台的中央，不结巴地说着我想说的任何事情。而观众们呢，则在台下欢呼大笑。但对我来说，这是不可能的，甚至连想一下都觉得愚蠢荒唐！我为自己的想法感到郁闷无比……而我的沮丧似乎全被面包姥姥看在了眼中。

“比利，我希望有一天能看见你……也像他那样表演，”她说，“跟人分享你的笑话，让人愉快。趁我还活着，我想看你像他那样表演，我跟你说啊，你要是做到了，面包姥姥会很高兴的。”

我向她保证，我一定会做到，有一天也要站在舞台上为她表演。她看着我的眼睛，咯咯地笑了。我伸出我的小拇指，教她如何把她那满是皱纹的小指钩在我的手指上。然后我示范了好几遍：“拉钩，上吊，一百年不许变……拉钩，上吊，一百年不许变……”很快，面包姥姥就学会了。我俩一起念念有词，声音越来越大，直到我俩都笑得停不下来。

“噢，比利，我们俩可真是一对活宝啊！”面包姥姥一边说着，一边抹去老花镜下的一滴眼泪。我好爱面包姥姥，她有时候就跟个小孩儿似的，干什么事儿都劲头十足。无论如何，我一定要实现对她许下的诺言。该怎么样为她表演喜剧，我不知道，但我一定会做到，即使只是在她闷热的客厅里给她演上一段。那晚过后，我就开始在视频网站上浏览喜剧演员的视频。那上面喜剧演员可多了，而且对他们而言，喜剧表演是一种正儿八经的职业，完全能够挣钱养家。看了他们的表演，我更想当个喜剧演员了。

今天晚上，我打算趁她不注意的时候，把我最新的笑话加进我跟她的聊天里。想给别人一个惊喜？这么干效果肯定是最好的。对我的面包姥姥来说，尤其如此。

“面包姥姥？”我尽可能让自己的话听起来漫不经心。

“亲爱的，怎么啦？”她透过镜片注视着我问。

“昨晚我做了一个噩梦，梦见自己跟一条鲨鱼打架……”

“哦，天哪！会不会是因为我们《蓝色星球》看太多啦？”

“不，没事的，面包姥姥，醒来后我才发现……原来手里抓着一只袜子。”

面包姥姥笑得前俯后仰，我真担心她会被嘴里的苹果酥呛到。一想到自己讲的笑话有可能会害死面包姥姥，我心里不禁一阵后怕。

直到回了家，我才想起来那个我一直想要逃避的演讲：“是什么让我成为我。”

想着想着，一个新的清单从我脑子里冒了出来。

躲避“是什么让我成为我”演讲的方法

1.周一早上呕吐不止，或者假装呕吐。

2.在演讲之前的二十四小时里，想办法弄断自己身上的一根骨头。

3.走进班级固定教室前，弄响学校里的火警警报。

4.给镇上的报社写封信，说学校毁了我的生活。然后，他们将会组建一个“停止演讲！”抗议小团体。而且他们会在周一早上举着标语牌在学校外面游行，高呼口号，直到学校屈服。

5.假装我被绑架了。

6.逃跑。

在这些想法中，有一些比其他的更可能实现。而且我也知道，有些想法可能过于极端，但我这也是在为了我的生存而战斗呀！也许，在按照清单上的想法展开行动之前，我可以先做些更简单的尝试——说服老妈告诉奥修先生我不必参加演讲。毕竟，这听起来更合理可行。上一次，在小短剧毁了我的圣诞节之后，老妈就跟我的老师沟通了，说如果我不想上场表演的话，我就可以不用参加之后的复活节演出。我当然不想参加！所以，我只是负责用平板电脑播放所有的背景音乐，那活儿很适合我。所以，让她帮我也取消这一次的演讲应该不会太难。现在去演讲肯定会弄得一团糟，我只要能在这一点上说服她就行了。

我的计划如下：在接下来的几天里，我会变得越来越安静，并开始不吃布丁。我超级爱吃布丁，所以，老妈肯定会意识到我摊上大事儿了。如果她问起我怎么了，我就说：“我不知道。”我会一直这样说，直到她真的非常担心为止。然后呢，她就会开始瞎猜，只要她一提到学校，我就畏畏缩缩地捂住眼睛，低下脑袋。然后，她就明白自己该做些什么了。

接下来，就是整个计划最精彩的部分了。等老妈终于从我口中了解了事情的来龙去脉，她就会想“比利不应该去做这个演讲”。于是，哈哈……不再是我不想去做演讲，而是老妈不想让我去做演讲！然后，老妈就会写一张字条，让我周一带给老师。我就顺水推舟，在她做饭的时候拉住她的手，用难过又轻柔的声音说些“如果你觉得这样更好，那就……”之类的话。现在，我已经感觉好多了。你看，有时候你只需要一个计划，一切难题都会迎刃而解。

第五章

数学和文学，小屁孩们喜欢哪一个？他们喜欢放学。

我被人注意到了。我知道这事儿迟早都会发生，只是我没想到会发生这么快。到目前为止，我只说过一个字，也就是奥修先生点名时我回答的“到”。一天点了两次名，所以一整天我就说了两次“到”。上了两天学，我总共就说了四个字。我知道你在想什么：“这孩子的数学真是好！”我明白，我清楚，无论如何，你都会觉得虽然我说话有问题，但只说了四个字，应该可以瞒天过海。但没那么简单！很明显，学校不会每天只让学生回答“到”，没有任何一所学校会那么干。

今天早上，上学第三天，跟昨天一样，我坐在亚历克斯旁边。等待上课铃响的当儿，我悄悄拿出铅笔，在膝盖上打拍子。我脸朝着窗户，确保没有人注意到我。我敲得很卖力，敲得大腿生疼，但我喜欢这么干。我这是在练习基本功，练习鼓点的基本节奏。

我在网上找了些不同的鼓点节奏，然后拿铅笔来练习打拍子。在老妈改变主意同意给我买一套架子鼓之前，我得找些不那么吵的工具。我认为父母应该鼓励孩子们的音乐爱好，要不然，没准儿就会埋没一个音乐神童。光靠铅笔，可培养不出什么音乐神童。

“比利·普林普顿！”正想着，奥修先生的声音忽然在我的耳边响起。听这声音，他很可能已经喊了我好几声了。刚才只顾着打拍子，我竟然没有听到上课铃声，而且连奥修先生走进教室也没注意到。我顿时一阵慌乱，完全忘记了施展低语加咳嗽的技巧，半唱着歌半结巴着回答道：“我我……在，老老老老师。”我的天哪，这哪里是什么回答，分明就是一段噪声！大伙儿全都咯咯笑了起来，听到这笑声，我的耳朵顿时变得滚烫起来。

数学课上，我忽然发现威廉·布莱克莫一直盯着我看。就像我有对付恶霸的“安全雷达”，他肯定也有寻找欺负对象的“猎物雷达”，显然他的雷达被我触发了。下课铃响了，大家纷纷起身去吃午饭，而他却忽然在教室门口转过身，堵住了我的去路。

“你叫什么来着？”他大声问道。完了完了，他发现了，他猜到了我的秘密！我的心猛地一沉，顿时心跳加速。麻烦来了，我无处可逃，也不能回答他。教室里还有些人在收拾东西，有几个朝我俩看了过来。他们也都知道布莱克莫是个惹祸精，或许这会儿都正窃喜不已。毕竟，布莱克莫找碴儿的对象不是他们。而我，只能闭口装傻，尽可能地拖延时间，直到我知道我必须做点儿什么时，我耸了耸肩膀……

我知道！我知道！有人问你叫什么时，耸耸肩膀并不是一个好的回应。但我别无选择！可就在布莱克莫浑身来劲儿，直起身子，为自己的发现感到兴奋不已的时候，一只手搭到了我的肩膀上。与此同时，一个清脆响亮的声音忽然响起。

“他叫比利·普林普顿。”是斯凯拉！“走，比利，我们吃饭去。”没等布莱克莫反应过来，她推着我走出教室，穿过了走廊。我正要转身向她道谢，她却蹦蹦跳跳地朝着餐厅跑走了。我长舒了一口气，也朝着餐厅走去，但我知道这只是个开始。布莱克莫现在知道了我的名字，而且我还被一个女孩给救走了。对于布莱克莫这样的人来说，这事儿可没完。在今天剩下的时间里，但愿我能躲开这个恶霸，但愿他能去找别人的碴儿，把我给忘得一干二净。

在餐厅的角落里，我独自一人坐着，脸藏在那本假的《勇者斗恶龙》后面，以最快的速度吃着午饭。书上的字我一个也没看，我不停地往外偷瞄，看看能不能看到布莱克莫。但我没看见他的影子，他要么正忙于他的“恶霸业务”没空吃饭，要么就坐在一个我看不到的地方。

在把薯条全都塞进嘴里之后，我冲出了食堂。可在教学大楼里，我反而感觉比在食堂的角落里更加危险。顿时，我希望自己要是继续躲在书后面就好了。外面到处都是人，高年级学生们正扎堆嬉闹，互相推搡找乐。我不停地扫视走廊，留意布莱克莫，但那些欢笑的大个子阻挡了我的视线，我没办法提防所有的过道。我得找个更好的瞭望点，找个更安全的地方。

我匆匆走过学校剧场，忽然意识到这个地方自己还没好好看过。去年我们参观学校时，这地方还在重修，所以当时没能进去。我从大门上的小窗户往里看，能看见舞台，而且里面没人。于是我环顾四周，悄悄快速开门溜了进去。剧场很大，看上去非常气派，里面有种特别的气味，跟学校其他地方很不一样。一进到里面，我立刻就放松了不少，这地方有种让人安心的感觉。

舞台上面垂着巨大的幕布。红色的天鹅绒幕布绣着金边，重重叠叠地簇拥在一起，跟面包姥姥家里电视上喜剧演员身后的幕布一模一样。我来到剧场中间的一排，坐了下来，看向舞台，想象着所有在那上面表演过的人。然后，我开始想象我自己……我自信地走到舞台中央，流畅地说话，尽情地享受着属于自己的舞台。

“我老爸总说要以毒攻毒，用火打败火。”想象中的我手里拿着话筒，一边说着，一边昂首阔步地在舞台上踱步，台下的观众目不转睛地看着我，认真地听着我说的每一句话，“这大概就是他被消防队开除的原因吧！”观众们喜欢这个笑话，他们在台下放声大笑，他们喜欢这样的我，我也喜欢这样的我。在我的想象中，我继续说道：“有一天，我送了我死党一个生日礼物——一个超大的火箭，并且问他知道为什么火箭跑得那么快。他答不上来，但答案其实特别简单……要是你的屁股着了火，你会跑得比它还快！”

我嘴角勾起一抹微笑，感觉自己的心跳慢了下来，整个身体也随之放松了许多。这里真安静啊，我闭上眼睛，呼吸着剧场里不一样的空气。我几乎能感受到想象中观众们的热情，几乎能听到远处传来的掌声、笑声……忽然，上课预备铃响了，把我从白日梦里拉回了现实。

当我走向门口，就要回到现实世界时，我忽然看见了布莱克莫！看见他的脑袋在窗户外面一晃而过，我迅速蹲下身来，祈祷他并没有发现我。我的心跳再次加速，浑身肌肉再次紧绷。到了新的学校，我依然孤身一人，东躲西藏，草木皆兵。这种情形，跟我预想中的……大相径庭。

回到家，我没看见布丁，因为老妈准备的是冰激凌。在我摇头把装了冰激凌球的碗推开时，老妈奇怪地看了我一眼，她知道我喜欢“树莓波纹”冰激凌。尽管我知道布丁计划能成，但这会儿我心不在焉，满脑子都在琢磨怎么应付布莱克莫。

躺在床上，我出神地盯着挂钟，一直盯到半夜，脑子里还是消停不下来。后来，我总算睡着了，但竟然梦见了布莱克莫——他对着我指指点点，大笑不止。而我，正在做那个“是什么让我成为我”的演讲。奥修先生和全班同学都在场，笑得前俯后仰……突然，我身子一震，猛地清醒了过来。

第六章

为什么说小孩子像大海？因为他们也会心潮澎湃。

在去做言语治疗之前，我们先把克洛伊送去了学校，她和我念的是同一所小学。再看到以前的学校，我的心里不禁涌起一种奇特的感觉——它看起来好小啊！这感觉一出现，我忽然意识到自己不一样了，和以前简直判若两人。

现在，克洛伊已经上三年级了，可老妈还是会跑到她的房间里陪她晨读。晨读……真高兴我不用再忍受那种折磨了。那可是我最糟糕的噩梦，因为你得大声朗读出来。以前，每周五早上，老妈都会听我们晨读。她站在一旁，身上总裹着好几条彼此缠绕的丝巾，耳朵上的耳环摇摇晃晃，把她的耳垂扯得老长。每当我读书卡住时，她就会安慰我说“深呼吸……”“慢慢来……”之类的话。

按理说，老妈说的方法应该都有用，却总让我更加紧张。这有点儿像她正因为迟到感到焦虑，或者正为了招待客人忙着收拾屋子，可老爸却在边上说：“别着急，要淡定。”一听这话，老妈往往立刻就会来火：“淡定？除了叫我淡定之外，你就不能过来帮忙吗？就知道在那儿耍嘴皮子！”对一个压力巨大的人说要淡定，显然并不是一个好主意，虽然他们确实需要“淡定”。唉，人有时候就是这么奇怪！

回到车里之后，老妈说：“好了，小伙子，咱们出发吧。”接着她又轻声说，“待会儿结束，还是去喝杯咖啡吧，怎么样？”我微笑着点了点头，然后她启动了发动机。

通常在言语治疗结束之后，我们都会去趟“味蕾咖啡馆”，点上一份茶点饼。虽然老妈说总这么干有点儿“孩子气”，但我却觉得这么干能让茶点饼变得更加美味。有时候治疗训练量太大，我练得太辛苦，老妈还会犒劳我一杯热巧克力。

第一次言语治疗结束后，我的口吃症状消失了一个星期，可把老妈高兴坏了。看得出来，她觉得这完全就是个奇迹。当时，我也这样想，可一周之后，它又回来了！这就是口吃（或者至少是我的口吃）真正奇怪的地方——它可以彻底消失一段时间，糊弄我一通，让我以为一切都已经回归正常，我痊愈了。然后……砰！大摇大摆地，这家伙又回来了！唉……这可真是有史以来最残忍的玩笑。

最让人郁闷的是，跟我开玩笑的是我自己身体的一部分。折磨我的，是我自己的脑袋，怨不得别人。不能埋怨老妈、克洛伊或者游泳池。有时候，被口吃惹毛了的我会忍不住呵斥它："住手！你给我住住住手！我不想你再再再这样对我了！"当然，我不会大声把这话说出来，但我总想大声斥责它，想把它赶走。

有一次，我跟苏说："我真想和我脑袋里犯结巴的那部分好好聊聊，叫它别再来烦我了。"听到这话，苏顿时兴奋了起来："多好的主意啊！"她拍了拍手，找来了些纸，让我把脑袋里不乖的那部分画出来，画成一个人物形象，然后给它起个名字。于是，我画出了一个拄着拐棍儿的圆形生物。它个头儿很小，肤色半棕半绿，一脸乱糟糟的络腮胡，脸上还长着个超级大的鼻子，看上去又老又讨人厌。我叫它鲍勃。苏在它旁边画了一个泡泡对话框，问我觉得鲍勃会说些什么。我写道：你甭想摆脱我！我永远也不会消失！

画好之后，我就不想再看见鲍勃了。苏却让我继续想象，想象它打包好了行李，被我给送走了。但我并不想这么做，我不想再去想鲍勃了，整个疗程都用来画鲍勃了。后来我一直在想，在那个疗程里，在我让她想到画鲍勃之前，苏原本打算让我做些什么呢？

有时候，我觉得苏根本就不知道如何帮我摆脱口吃。每次治疗结束，她都会问："你……还想再预约下一个疗程吗？"我想她心里其实希望我说"不"。因为，我一直在预约新的疗程，也就是一直在提醒她——她做的一切没有用处，没法儿彻底治愈我的口吃。所以，她一直说我得找到"控制"它的方法，比如打着拍子说话、低语或者唱着说之类的，但这些方法并不是总能奏效。

每次去见苏，我都暗自祈祷她已经找到了新的治疗方法。比如服下一粒神奇的药丸，走出治疗室，然后，我就再也不结巴了。每次走进治疗室前，我都会闭眼许下这个愿望。今天我正这么干时，被老妈逮住了。

“你在干什么？”看见我闭着眼睛念念有词，她开口问道。

“我在许许许愿。”我说。

“唉！都什么时候了，赶紧，咱们已经迟到了。”说着，她把我推进了治疗室。

我们见到了苏，可今天她身边依然没有神奇药丸。苏问起学校的事儿，我假装一切都好。模仿着老妈跟她的朋友们说话的语气，我说道：“日子不不不好过啊，但我每天早上都能按……按按时赶上校车。对了，我真的很喜欢我的班班班班主任，奥修先生。”话音一落，我就知道糊弄过去了。老妈笑容满面，好像压根儿没发现这些答案其实是她给我准备的。

其实我早就注意到了，要是你能照着大人们的样子说话，他们似乎就会满意你的回答。接着，苏又问起了我的同学。我于是跟她聊起了几个，我跟她说我的同桌叫亚历克斯，还说我的小学同学斯凯拉也在我们班上。我不会对她撒谎，但有些事儿，我也绝不会毫无保留。当然，我没有提到那个演讲，我可不想毁了“脱身”的机会。我知道苏希望我参加演讲，她总是说我应该怎样“抓住每一个可以发言的机会”，因为，“你有很多话要说，比利，这个世界需要倾听你的心声”。

听我说学校里的一切都还行，苏看上去很高兴。接下来，我们开始了扔球对话练习。我们一边把刺刺按摩球扔给对方，一边说话。在二十分钟的练习里，我们要边扔球边说出各类衣物的名称，而且还要尽可能慢地说。当老妈说到“文胸”时，我咯咯笑了起来……笑着笑着，我竟然开始有点儿歇斯底里，好像根本止不住一样。这种情形不常见，不知道你有没有遇到过。我知道有人一辈子都在不停地打嗝，这太可怕了，不是吗？万一这辈子都大笑不止该咋办？这可能会让你生病，会笑到肚子抽筋。想到肚子抽筋，我顿时就不想笑了，这让我慢慢平复了下来，然后尽可能放慢语速说“套头衫”。直到老妈再也想不出其他的词，我们才停止了这个练习。苏最后做了总结，说我做得很棒。

老妈总会陪我参加治疗，老爸却只陪我来过两次，一般情况下，他还是去上他的班。他第一次陪我来时，我就看出来他浑身燥热，因为这个房间对他来说太小了。他身高一米九三，很不喜欢狭小的空间。能不来这儿，我觉得他肯定很开心。老妈坐在角落，在整个疗程中都面带微笑。但我总觉得，老妈一笑就是整整一个小时，脸一定都笑疼了。

在治疗室里，有一面很酷的镜子，大大的镜面上拉着道帘子。人们可以在镜子的另一边看到你，你却不能透过镜子看到他们。我第一次问苏问题，就是问这镜子，她总说另一边没人在看我们："你看，帘子不是拉上了吗？"

再后来，苏又开始讲起了"大绵绵"和其他几个"顺溜家族"成员，可我早就心不在焉了。我一直寻思着谁会躲在镜子后面看我……戴着眼镜，穿着白大褂，手拿病历夹，几个操着外国口音的医生直挺挺地站在那儿……我都能想象到他们是怎么评价我的："这就是比利·普林普顿，我们治疗过的最可怜的病人之一。"然后，我被苏的声音拉回了现实。"比利，你在听我说话吗？"我点了点头，看了看她手里举着的那张纸。

治疗接近尾声的时候，房间里变得闷热无比，老妈的脸红得透亮。在预定了一个月后的新疗程之后，我们出发去了咖啡厅。就在茶点饼送上桌时，我忽然想起了我的布丁计划，于是我推开了茶点饼，装作一副很难过的样子。老妈的表情一变，看起来像是知道了我有心思。我把目光从她脸上移开，悄悄在桌子底下将中指扣在食指上[①]，祈祷我的计划能够成功。离"是什么让我成为我"的演讲只有四天了。

---

① 在一些国家，人们在祈祷某件事能有好的结果时，往往会将一只手的中指和食指交叠起来，中指扣在上面，并说"Keep my fingers crossed"。——译者注

第七章

盘子最害怕听见什么祝福语？
岁岁平安。

入学第一周，我几乎没说什么话。老师们似乎还没怎么打算点人起来回答问题。我想那一定是因为……他们还记不住我们的名字。地理课下课时，我把我的作业交给了格兰特老师。他对我说：“谢谢你，波比。”我只是笑了笑，然后就把作业递了过去。老师们要上那么多个班的课，记住每一个孩子的名字肯定不容易。更别提还有人竭尽全力地要把自己隐藏起来，不被老师注意。我当然没有纠正他，或许他永远都会叫我波比。

咳嗽加低语，这技巧我用得越来越熟练了。但今天早上点名时，我注意到正在画画的斯凯拉抬起了头，饶有兴趣地看着我。她是班上那个唯一了解我的人，也是班上那个唯一知道真相的人。一对上她的眼神，我的脸唰的一下子就红了……我赶紧转过头去。

吃午饭时，斯凯拉端着一盘薯片走到了我的餐桌边上。

“嘿，比利。”她冲我打起了招呼。

我顿时就慌了，极不自然地挥手回应，假装我已经吃好了。可实际上我的餐盘里还装满了比萨，而且盘里的曲奇饼干连动都没动过。慌乱之中，我站起身来，却不小心碰倒了我的椅子。椅子撞击地板的声音在食堂大厅里回荡。其他人都闻声看向我俩——太尴尬了！我连忙跑出食堂，连椅子都忘了扶。我的心跳怦怦加速，耳朵也越来越烫。

我不想跟斯凯拉说话。万一，别人听到我们交谈的内容，知道了我说话结巴怎么办？我知道，我在布莱克莫那儿遇上麻烦时，是斯凯拉帮了我大忙。但我不需要她，我不需要任何人。我只需要在摆脱口吃之前保持沉默就好了，无论这要花多长时间。逃离食堂的时候，我强迫自己不去想斯凯拉是否会因为我的举动陷入麻烦。或许她需要我，她每节课都一个人坐着，我也没见她跟班上其他女生聊过天。她几乎和我一样安静，但斯凯拉很坚强。我的意思是，她小学的时候可是一拳打在了杰克·劳斯脸上呢！她一个人会没事儿的，对吧？

我低着头，抛开脑子里的那些想法，不停往前走着。我的肚子里面空空如也，咕噜咕噜地叫个不停。我要按照清单上列出的计划一个个尝试，我要找到彻底搞定口吃的方法，然后，我就可以跟斯凯拉说话了。我还在寻找那个草药茶，但目前还没找到。这个周末，我会去“英佰瑞”超市看看。所以，为我祈祷吧，但愿我能在那儿找到“母菊茶”。

在午休剩余的时间里，还有在下午的课间休息时，我都独自在校园里到处闲逛。如果不停地走动，似乎就不会有人注意到我是孤身一人，也不会注意到我没有跟任何人讲话。我愿意一直这么做吗？说实话，这么干确实有点儿无聊。我一直不停祈祷，祈祷摆脱口吃的那几种方法能够赶紧奏效，这样我就能再开口说话。我敢打赌，如果我告诉老妈整整一周我都没说过话，她肯定不信。她老说我是个话痨，可那是因为我在家里。家里跟学校很不一样，家里让人安心。

做个沉默的学生，有好处，但也有坏处。好处就是，我能注意到很多别人注意不到的东西。比如在午餐时间，我看到人们会小心翼翼地选择座位，看看和谁坐在一起比较合适。今天，在斯凯拉“吓”跑我之前，我看到我们班的雅斯敏在决定吃什么。她正走向蔬菜烤饼时，另一个女孩做了个鬼脸，好像蔬菜烤饼很恶心似的。然后，雅斯敏就没要蔬菜烤饼，而是选择了意大利面。我扫视了一下桌子对面。对面熙熙攘攘坐满了人，他们都在聊天，试图展现出自己最好的那一面。他们当中有的人一边说话，一边撩起头发甩过肩膀；有的人挥舞着手臂，边说话边兴高采烈地比画。我还看到了几个像我一样的学生，他们独自坐着，观察着身边的这一切。如果我是那群人中的一员，就会盼着轮到自己开口说话的机会，而不会注意到眼前的这一切了。这似乎是大家一直在做的事情——不去倾听彼此，而是傻等着，直到自己能开口说话。

沉默也有坏处。有时候，沉默会给自己招来麻烦。今天下午，我去上英语课时，找不到去教室的路了。正常的小孩一般都会问路，但我没那么做。我只是像只无头苍蝇一样，在校园里到处乱撞。等我终于找到了教室时，老师已经非常不耐烦了。

“小家伙，谢天谢地，你总算找到教室了！”我没说话，只是睁大了眼睛，耸了耸肩表示歉意。这种无声的致歉似乎让她更加恼火。“回座位坐下！”她大声说道。

我想，可能她总是心情不好。因为，她整节课都愁眉苦脸，一副怒目圆睁的样子。

在这周剩下的几天里，除了上课，其余课间时间我都成功避开了布莱克莫。只有周三课间休息的时候，我正走在去往实验室的路上，忽然看见走廊上他朝我迎面走来。我立刻脚下加速，猛冲进了教室。一位身穿白大褂、戴着眼镜的老师看了看我，一脸疑惑。

“你还好吗，小伙子？”老师问道，眼神里闪动着关切。

一想到要回答他的问题，我就慌了神。于是，我掏出了自己的课程表，用手指着它，假装迷路了。我用课表遮住脸，转过头望向走廊，寻找布莱克莫的身影。有那么一瞬间，我感觉自己仿佛正活在一部怀旧的默片里。默片是一种颗粒感十足的黑白电影，在这种电影里，人们的表情和动作都很夸张。我把课表重新放在眼前，假装在确认我接下来要去哪儿。就在这时，我几乎想要猛地一跳，然后双脚咔嗒一声并拢，就像默片里的人物常干的那样。这个想法一闪而过，让我的嘴角翘了起来。但很显然，我没有那么去做。想象一下，一个孩子突然自顾自地跳起舞来……不！不！不！这绝对会被列在“绝不能做的事情”清单上面。

第二天，在英语课上，我知道布莱克莫又在盯着我看，等待着出手的时机。所以，铃声一响，我就冲出了教室。说起布莱克莫，总是不见其人，先闻其声。他会在教学大楼里对着别人大喊大叫，会像个喇叭一样大声唱歌，好像想让全世界都知道他在哪儿似的。每每听到他的声音，我往往转身就逃，逃离那个声音，然后远远地躲起来。真不敢相信，我已经成功避开他整整一周了。我理想的初中生活可不是这个样子，我不想见了他就逃，但这种情形应该不会一直延续下去。

一天的课程结束了，放学的铃声终于敲响了。我快步走出学校大门，上了校车，瘫坐在我常坐的中间位置上面。到了这时，我才总算松了口气。终于熬到周末了，我感觉自己筋疲力尽。独处、沉默、逃避围追堵截……这一切可真是太辛苦了，尤其是逃避让你心惊胆战的家伙。

回到家后，老妈提出要为我庆祝一下，庆祝我在班纳谷顺利度过了第一周。于是，老爸和克洛伊留在了家里，老妈则带我去了商业街。那儿新开了一家美式餐厅，叫“山姆大叔”。我们走进了一个小包间，在绿色的皮椅上坐了下来。

桌上摆着个迷你唱机模型，上面搁着几袋番茄酱。一个涂着红色口红、戴着牙套的女孩走过来为我们点餐。

“您好，欢迎光临山姆大叔，请问你们想来点儿什么呢？”我点了芝士薯片，在菜单上指给女孩看，她看了一眼便拿笔记了下来。

现在，老妈应该已经意识到我出状况了。我可是整整一周都没碰过布丁了！周四那天，老妈做了我最爱吃的菠萝蛋奶布丁，但我一口也没吃。所以，老妈肯定知道我不对劲儿了。她问我要不要点一杯奶昔，我摇了摇头，尽量装出很难过的模样。这可不容易，我能看到菜单上奶昔的图片——巧克力奶昔上面堆着一层奶油冰激凌，顶上插着两块华夫饼，还配上了太妃糖酱……看起来非常非常美味！但我只是咽了咽口水，把菜单合上，一把推开，继续专注于实施我的布丁计划。老妈皱了皱眉头，但什么也没说。我能感觉到，此刻，就是布丁计划即将成功的关键时刻。

老妈喝完了咖啡，扮了个鬼脸，然后，深深吸了一口气。我知道，她要开始聊一些“严肃”的话题了。我想，就是现在，她会发现演讲的事儿，然后，她就会帮我逃过那个演讲。出于某种原因，我的脑海里开始思考她可能会说的每一件事。万一她要说的跟布丁计划无关咋办？如果跟布丁计划无关，那她为什么看起来这么严肃？然后，就听她开口说道：“比利，奥修先生今天打电话给我了，他告诉了我你最近的一些情况。”

“什什么？”我说，“为为为什么？”

“他说，你整整一周几乎一个字也没说。”

“所以呢？”

“所以，比利，你口吃这事儿，奥修老师根本就不知道。”说这句话时，老妈的表情看起来很失望。

在去班纳谷上学之前，老妈想把我口吃的事儿告诉我们班的所有老师。我告诉老妈，我真的不想她那样做，绝对不允许！我可不想老师们明明因为我的口吃而发愁，却还要一边皱眉一边微笑着面对我。我不想再吸引人们更多的注意了。所以，我跟老妈说，我会自己去跟老师们说明一切。我还跟她说，她需要“放手让我成长”。这样说确实很有效，老妈并没有把我的秘密告诉老师。

“我们还谈到了你们下周一的演讲。”老妈继续说道。

噢！不！她知道演讲的事儿了。事情不应该这么发展的，我的布丁计划完蛋了！现在，老妈一定会认为，我一直都在欺骗她。

“他他他他是怎怎怎怎么说说说说的？”我问。即使只是想到“是什么让我成为我”这个演讲，都能让我结巴得更加严重。

“他说，如果你不想做，就可以不做。他还说，你也可以只带些东西去展示，但不必说话。”

我是不是说过奥修先生是个不错的老师？好吧，现在，在我的心目中，他从“不错的老师”变成了“世界上最好的老师”。我整个身体顿时往后一仰，双拳在空中挥舞……任务完成！可就在这时，老妈的话再次响起。

“但是，比利，我跟你爸还有苏谈过了。”她看了看面前的空杯子，继续说，“我们都认为，你去试试也可以，你需要直面你的恐惧。苏说，如果你想好好谈谈这事儿，那么，这个周末，你可以跟她通个视频电话。这事儿没你想象得那么难，真的……亲爱的，你不能一直什么话也不说。再说了，如果你是全班唯一不参加演讲的孩子，不也会引起其他人的注意吗？我想，那样的话你可能会让事情变得更糟……”她停顿了一下，我知道有不好的事情就要发生了，“所以，我跟奥修老师说，你会去试试的。”

泪水在我的眼眶里打转，我的喉咙开始哽咽，又酸又痛，好像吞下了一整只拳头。我看着老妈，不知道要不要拿出我的“核武器”。如果在以前，要是老爸老妈让我去做我不想做的事，我就会打出我的终极王牌。因为我已经发现了，如果在一个句子里，我同时说出“压力”和“没人倾听”这两个有魔力的词，就总能达到自己的目的，屡试不爽。这还要感谢苏，因为她曾经说过：“压力和感觉到没人倾听，是导致言语失调的两个主要诱因。”言语失调是说话不流畅的另一种表达。但苏也说过，为了减缓压力，我应该“在面对挑战的情况下，尽可能地多尝试，多说话”。可“多说话”其实对于改善我的口吃并没有太大用处。所以，每当我想要逃避说话的时候，我都会搬出“没人倾听”这个法宝。

我管它叫作“终极核武器”，但我不会经常这么干。用我的口吃去对付大人，总让我觉得有点儿卑鄙。而且，如果这个方法我用得太多，他们会渐渐意识到我是在逃避。但这一次，我认为自己必须得使用这个法宝了。如果他们不强迫我去做我不愿意做的事儿，我就永远也不会使用它，你说是不是？

最近一次使用“核武器”，还是在克洛伊过生日的时候。那天，他们计划着要去骑马。克洛伊喜欢小马，她房间里堆满了毛绒小马玩具，我甚至都不想在她房间里多待一秒钟，更别说去骑一匹真正的、活蹦乱跳的小马了。但他们却喋喋不休地对我说：“去试试吧，你会爱上骑马的……”

我最讨厌这样——人们明明知道你讨厌什么，却偏偏非要让你去试上一试，比如马麦酱，又或者牛油果。至于老妈有多少次逼我吃黄瓜，我都快数不清了，但我确实数过。我的软木板上本来有张计数表，可在记到第五十次左右的时候，这张表竟然被我给弄丢了。黄瓜皮上面像是长了一个个绿色的小肿瘤，看起来好吓人，我才不想把它放进我的嘴里呢！就连它的名字都很可怕——黄瓜！对我来说，这个词实在是太拗口了[①]。

老妈总爱不停地唠叨：“你可能会错过一些你喜欢的东

① 黄瓜的英文为“cucumber”，发音较难。——编者注

西！就当是为了我，试一试吧，比利，快来试试看。”老妈似乎永远都只相信一点——别人的想法都应该跟她的一模一样。

为了避免吃什么黄瓜，我也动用过我的终极王牌。上一次，她悄悄夹了一些黄瓜，藏在我盘子里的西红柿下面。我发现后，冲她大声喊道：“你从来都不肯认真听我说话！我真的生气了！你有时候让我感觉压压压压压力很大！”说着，我把盘子重重地推开了。当时，老妈看起来有点儿自责，从那以后，她就再也没有逼我吃过黄瓜。冲老妈发脾气，我心里也很难受，可是她不停地让我吃黄瓜，如果不那么干，我又能怎么办呢？

我深深吸了一口气，平静地低声说：“老妈，一想到要站在全班同学面前，我的压力……就特别大！”我停顿了一下，又深吸了一口气，“我感觉，你根本就没在听我说话！”能把这两句话完整地说出来，我为自己感到非常骄傲。为了达到更好的效果，我又吸了吸鼻涕，擦了擦眼角的泪水，然后，看向了老妈。

有点儿不对劲……直觉告诉我，这样做没用。奇怪，我的终极武器难道失效了吗？是不是因为我使用太多次了？就像打拍子说话失效那样，我的终极武器也失效了。老妈看上去既坚定又严厉，她缓缓开口说道：“我知道这会让人有压力，会让人紧张。关于演讲这件事，你想说的一切，我和你爸爸都会认真听你说。但这一次，恐怕我们要坚持我们的意见了。你也是知道的，苏说了，老是逃避说话的机会，长此以往，只会让口吃变得更严重。你只需要按照你自己的方式来做演讲，你会很棒的！”

我快要晕倒了，她的语气从未如此坚定过，她的表情看上去已经下定了决心。人生中第一次，我意识到这一次无论我说什么，都没法决定事情的发展走向。于是，眼泪从我的脸颊上滑落下来，我甚至都没有试图阻止它们流出来。我想起上周在班纳谷的日子有多可怕。我总是躲躲闪闪，每天都形单影只……我在想，一旦所有人都知道了我的秘密，那将会多么可怕，事情将会变得多么不可收拾。眼泪大颗大颗地从我脸上滚落下来。老妈想拉紧我的手，但我使劲儿地把手抽了出来。

“你不能总是逃避这些事情，比利，你不能永远这样。你想象一下，如果一直逃避说话的机会，你的生活会变成什么样子啊？”

“反正比做演演演演演演讲好！”我尖叫了起来。餐厅里的人会不会听到我说话，我一点儿也不在乎！我现在不想保持沉默，不想对演讲这事儿保持沉默。我从小包间里跑了出来，冲出了餐厅，餐厅的门砰的一声在我身后关上。我看见老妈连忙从桌子后面站了起来，掏出钱包急匆匆地买单。她想尽快赶上我，但我跑得太快了。我直接冲出了餐厅，沿着商店外面的小巷一路狂奔。

直到察觉到老妈没跟上来，我才放慢了脚步，气冲冲地一路跺着脚跑到了公园。坐在河边，我默默地看着钓鱼的人们，眼泪止不住地往下流，身上的每一块肌肉都充斥着愤怒和恐惧。别人的生活比我美好太多，为什么我就不能像正常人一样呢？或者，至少我的毛病大部分人都能接受也行啊，比如近视戴眼镜，或者脚上长鸡眼。

至少，戴眼镜会很好看，有时候人们甚至还戴假眼镜。但没人会假装自己是个结巴，对不对？你可能会觉得，世界上没有人会想长鸡眼。小学时，阿什的脚上就长了一个鸡眼。所以，我们去游泳的时候，他不得不穿上一双滑稽的袜子。但我觉得在泳池里穿袜子酷极了，所以我也穿了一双袜子，假装自己的脚上也长了鸡眼。老妈仔细地看了看我的脚，发现那只是我用记号笔画的一个墨团。结果老妈说我是“一个非常奇怪的生物”。老妈说得对，我是个怪人，我敢打赌这个星球上没人愿意变成我这样！

下雨了，我忽然意识到自己不能整晚都待在这里想鸡眼。可是一路走回家又太远了，况且，我也不知道该坐几路公交车。我翻遍了背包，想拿出我的手机，但我知道，它不在包里。

大多数小孩都喜欢手机，但我讨厌手机。打电话对我来说是最最糟糕的事情！它能让我的口吃加重十倍。所以，电话也让我感觉压力巨大。一想到电话铃一响我就得接电话，这可真是可怕。电话那头的人只能听见我这边支支吾吾、压低声音嘟哝着，却看不到发生了什么。甚至连听到别人的电话响，我的心跳也会加快。我总觉得他们会说“电话那头的人想和你说两句”，然后就把电话硬塞给我。即使电话那头的人不认识我，我也得和他说两句。我和苏谈过这件事，她说，讨厌打电话其实很常见。这就是为什么现在当我真正需要它的时候，那个愚蠢的家伙却躺在家里的抽屉里，连电池都被卸了下来。

想来想去，我也没能想出个主意。无奈之下，我只能慢慢地走回“山姆大叔”。半路上，我经过了一家名叫“贝尼斯”的商店。之前跑去公园时，我肯定是气昏了头，竟然没有注意到这家商店！这是一家健康食品店——橱窗里摆着一大堆不同的草药茶！我简直不敢相信自己的眼睛。有时候，某些事情的发生其实是在暗示你一些另外的事情，你得坦然接受。

我走进商店，收银台后面的男人狐疑地盯着我，似乎觉得我要进来偷他的东西。当我在背包里找零花钱的时候，他的表情愈发古怪。咦？零花钱应该就在包里的，我记得自己明明放进去了呀！我疯狂地翻找，可怎么也找不着。慢慢地，我开始胡思乱想，要不索性就让那个家伙的怀疑变成现实，把茶偷走？正想着，我在一个小口袋里找到了我的零花钱。呼——我瞬间如释重负，只是可惜自己当不了一个称职的小偷。

后来，我发现店里有三种茶，但我不知道该买哪一种。所以我数了数我的钱，意识到只能买得起最便宜的。不管了，最便宜的也行吧。我付了钱，把茶叶盒子塞进包里，兴奋地跑出了商店。

这事儿竟然真的发生了，简直难以置信。也许，这就是一个成功的信号。忘了那个愚蠢的布丁计划吧，也许那计划一直都是错的，还是让我们回归到主计划上来吧。喝了茶，马上就能改掉口吃的毛病，正好赶上演讲！让布莱克莫知道他错了，他没有理由可以继续欺负我。就算有，也一定是他自己想象出来的。然后，我就可以继续给大家讲我的笑话，成为一个正常的、受欢迎的孩子！

最终，我找到了老妈停车的地方。老妈正打着电话，在车旁来回踱步。她看上去哭了很久，一看到我，就立刻冲过来把我紧紧地搂在怀里。

“下次千万别这样啦！知不知道妈妈有多担心你？”她低声说着，边说边使劲儿揉搓着我的头发，用力地亲吻我的额头。我等了一会儿，看她是否还会说些什么，但她没有。看来，她并没有改变对我演讲的态度。她上了车，我也悻悻地坐到了副驾驶座上。哭了那么久，我突然意识到，我的脸一定肿得很厉害。

我们都没看对方，老妈启动了发动机。我说：“我希希希希望，他们最好用绳绳绳绳绳子把自己捆起来听，因为这这这这会会会会是是他他他他们这辈子听听过的，时时时间最最最长的一次演演演讲。”

老妈笑了，笑得前俯后仰，笑得无法自已。我从未见过她笑得这么厉害，但我看见她在老爸面前这么笑过。当时是新年前夜，老爸把自己打扮成了一条鱼，老妈看到之后这样笑过。可她以前从没在我面前这么笑过。我讲笑话时，她会和我一起笑，但我能感觉到，那些时候老妈并不是真心觉得搞笑，倒像是在帮我的忙，或者说是在假笑。

不知怎的，老妈今天笑得不一样，她像是在嘲笑我，按理说，我应该感到生气，但这却让我感觉很好。逗她开心的感觉，就像我喝了刚买的茶，摆脱了口吃的感觉。这就是我想要的——让人们开心地大笑，就像老妈这样。

于是，我也情不自禁地笑了起来……我们俩笑了很长时间才停下来。老妈擦了擦眼睛，捋了捋我的头发，我们就回家了。我摸着我的包，能摸到包里面茶叶盒子的形状。光是摸着它，都让我觉得快乐无比。我迫不及待地想赶快回家，美美地喝上一口。

第八章

为什么口吃的人像茶包？因为他们知道什么叫作水深火热。

回家以后，我又被老爸教训了一遍。对于“逃跑”事件，他说了不少话，但和老妈在车上对我说的如出一辙。他们一直这样，要是我犯了错，他俩就会认为每个人都得教训我一顿才行。这可真是太烦人了，好像再听一遍就会有什么不同似的。如果有什么不同的话，那就是我听进去的内容其实更少。因为再听一次超级无聊。无论如何，我压根儿就没听他在说什么！他在一边对我大声嚷嚷，可我满脑子想的都是草药茶。只要我早一点儿表现出在认真听的样子，就能早一点儿喝上我的茶。于是，我便直视着他的眼睛，露出一副非常难过、非常严肃的表情。显然，他认为我已经认识到了自己的错误，因为他不再继续叨叨我了，而是把他的注意力转移到了手机上。

我溜进厨房，把水壶装满水，放到了炉子上。这可能就是能彻底治愈我的灵丹妙药。水沸腾了，动静比平时大得多，我以前还从来没注意到过水沸腾时的情形。为什么听起来水壶就好像要起飞一样？我的脑子飞速运转，琢磨着如果老爸老妈突然进来逮到我在煮茶，我该怎么向他们解释。我不喜欢喝茶，他们是知道的。我喝过一次，但刚喝进去就吐了出来，还喷在了老妈最喜欢的裙子上，差点儿把她给气炸了。幸运的是，他们没有进来。我轻手轻脚地打开橱柜，拿出我的星球大战马克杯放在水壶边上。这是我十岁时，阿什送我的生日礼物。我的耳朵一定是在捉弄我，因为当我打开茶叶盒时，玻璃纸发出了阵阵的沙沙声响，听起来像是震耳欲聋的打雷声。我假装咳嗽了一阵儿，掩盖住了泡茶发出的声音，然后以最快的速度将茶包扔进杯子，把开水倒了进去。

我用毛衣下摆罩住杯子，朝卧室走去——这简直就是一个天才的想法！关上卧室门时，我听到老妈在楼下说："这到底是什么味儿？"我把鼻孔凑近热气腾腾的杯子，吸了口气——确实很臭！但这完全是值得的，我闭上眼睛咂了一口。

这是我尝过的最恶心的东西，比我喷向老妈的那种茶还要糟糕！比小学时候阿什让我喝的鱼缸水还难喝！（当年，我俩用一根长长的软管给鱼缸排水，他怂恿我用嘴去吸。我能怎么办？要是不吸，他肯定会说我胆儿小！）不过，那鱼缸水比眼前这玩意儿要美味多了。不是我说，这茶甚至比面包姥姥用盐代替糖做的热巧克力还要糟糕！我默默地告诉自己，只要能治好口吃，再难下咽也是值得的。于是，我捏住鼻子，又猛灌了一口。水好烫！烫了我的嘴，我感觉连舌头都给烫肿了。老妈睡觉之前，总会喝一杯薄荷茶。我应该也像她那样，往热茶里加些冰的。

我一边吹气，一边急切地等它变凉。这茶令人作呕，我好不容易才把它喝光。是时候照照镜子，看看它有没有用了。

“舌舌舌舌头都烫烫烫烫坏了，这这这这茶，最最最最好能换换换换来一张巧巧巧巧巧舌如簧的嘴嘴嘴嘴。”我开口说道，结巴得比平时更加厉害。

我失望极了，感觉自己真是太傻了，竟然会认为一杯劣质的茶就能改变一切。我不知道自己是怎么了。有时候，当你非常渴望某样东西，即使希望渺茫，你还是会盲目地说服自己有可能得到它。比如，英格兰队参加足球世界杯时，整个国家的人都疯了，全都挂起国旗，兴高采烈地歌唱。结果——我们在第一轮就被淘汰出局。又是那种愚蠢的感觉——希望。我讨厌希望！

尽管如此，尽管希望渺茫，我还是会继续喝下去。离演讲还有三天，也许再喝上几杯，这茶就能发挥作用了呢？

第二天，我又泡了一杯草药茶，坐在了书桌前。我得试着把想说的先写下来，为演讲“是什么让我成为我”做好准备，可我一点儿灵感也没有。写作对我来说，没有任何问题。事实上，我喜欢写作的感觉，喜欢有人读我写的东西，倾听我要说的话。当然啦，是那种正常的、没有任何障碍的倾听。但我现在要写的，是我将要大声地、结结巴巴地说出来的东西。这感觉很不一样，非常不同。我推开纸，呷了一口茶……真难喝，一股子烂泥巴味儿！

这草药茶，我打算喝八杯，直到我喝不下为止。除了溜进厨房烧水，我几乎一整天都没怎么离开过房间。喝完第三杯之后，我停了下来，来到了镜子前面，想看看是否有点儿效果了。可没说几句话，我就沉默了下来——这茶显然没有效果。镜子里的我依旧结结巴巴，让人无法直视。

到了晚上，我手里还是只拿着一张白纸坐着，寻思到底该写些什么。我全身发热，手也开始发抖。这可不是一个好兆头，我就知道，这个演讲肯定会搞砸。我抬头看了看我的软木板，上面有一张清单，它似乎长了双眼睛，正直勾勾地盯着我——摆脱口吃的办法。我看了看上面列出的所有选项，愤怒地把它们一一划掉，并写了下面的话：

1. 在镜子前面练习说话根本没用，反而让我更加讨厌自己了。

2. 那本愚蠢的书毫无用处，里面有好多名词我看都看不懂。基本上，我能理解的只有“习惯口吃”。但这算哪门子的治疗方法？

3. 这草药茶又没用又难喝！

4. 祈祷苏能找到治疗方法毫无意义，我还有三周才能再见到她。

在我潦草地写完这些时，我忽然想起了老妈在餐厅里说这个周末，我可以跟苏通个视频电话。我抬起头来，心里默默祈祷着：

“拜托了，言语之神，不管你是谁，请让苏找到解药吧。”

我跑下楼，从抽屉里拿出了我的平板电脑，径直回到了房间。很久之前，苏就想和我视频通话了，她觉得视频通话是个好方法，有助于缓解我的电话恐惧症。之前，她给过我她的“讯佳普”视频通话软件账号。她说：“如果你有什么问题，或者想在疗程间隙跟我讨论一些事情，我会尽可能回复你的。”

我找到了苏的账号，点击了一下视频通话按钮。顿时，我的脸便出现在了屏幕一角，我感觉这很像对着镜子自言自语。视频接通了，苏那边的画面弹了出来。她的面孔出现在了我的画面下方，比我的画面大得多。“比利，很高兴接到你的视频电话！”突然间，我感觉自己有点儿傻，我还没想过要对她说点儿什么呢。我不能直接问：“嘿，苏，我只是想知道，在过去的一周里，你有没有找到治疗方法？”我能这样说吗？所以，我只说了句“嘿”，然后就让她来找话题。我相信，她会告诉我在最近几天的时间里，他们是否发明出了一种新的神奇药物。

“我昨天和你妈妈聊了一下，她跟我说了你在学校的情况，说了你们周一的展示活动。”我点了点头，觉得有点儿想哭，但我只是把双手紧紧地握在一起。

“你决定好给他们展示什么了吗？”

我摇了摇头。

“想想你喜欢的东西吧，比利，想想你希望别人了解的关于你的一些事情。当你想到一件令你激情澎湃的事情时，言语就不会显得那么重要了，是这个道理吧？”我点了点头，真希望自己从来没给她打过这个视频电话。她那儿没有彻底治愈我的方法，也没有帮我逃离演讲的点子。

“你还记得在治疗时，我们练习过的那些技巧吗？对着镜子练习几个词组，或者说一两句话，把那些技巧运用起来，即使只是这样，你也会觉得自己有所准备。谁知道呢？到最后，你想说的可能比你想象的还要多！”我认为苏并没有真正意识到……在现实生活中我的口吃有多严重。在有双面镜的小办公室外面，我曾经问过她，她是否有过口吃的经历。她的回答是“每个人都有口吃的时候，但是，我没……我自己从来没有因为口吃影响过自己的生活”。我想让她从屏幕上消失，所以，我强迫自己说：“谢谢你，苏。有有有有空我再再再打给你。”然后，我就点击了挂断按钮，就这样，我们俩的头像都从屏幕上消失了。

我做不来，口吃在周一来临前不会消失，这是肯定的。我把那张清单从软木板上扯了下来，把它撕成了碎片。再抬起头去看软木板时，我看到了这几个字——躲避“是什么让我成为我”演讲的方法。我浏览着清单上的那些选项，只有一种可能……我跳下椅子，抓起背包开始打包行李。

或许是时候实施第6条了。

逃跑。

我打包了够我穿一周的袜子和裤子，哦，对了，还有一些巧克力。在复活节的时候，我就把它们藏在衣柜里了。我把睡袋塞进背包，把背包甩到背后，站在楼梯上，想着怎么才能溜出去。我听到老爸老妈在厨房里聊天，他们听起来聊得很开心。我蹑手蹑脚地走下楼梯，心里觉得非常难过和害怕。我踮起脚尖走到侧门，默默把手伸到一幅奶牛挂画的画框顶部，拿走了放在那儿的备用钥匙，毫不费力地打开了门锁。我的逃跑计划似乎进展得太过顺利了，根本没有任何阻止我的事情发生，这让我没法儿回头。其实在内心深处，我很希望他们能抓住正在离家出走的我，能紧紧地抱住我，并且告诉我不用去做演讲。甚至如果我愿意的话，连学都可以不去上了。但我知道，这不会发生，所以，我还是冒着大雨走了出去。

站在人行道上，我意识到自己并不知道该逃跑到哪儿去。所以，我只是站在那儿，身上越来越湿。最后，我只能无助地坐在路边，雨水顺着我的脖子直往下流，打湿了我的T恤衫。我甚至都不知道怎么正确地逃跑！我回头看着自己的家，心想，他们什么时候才会注意到我离家出走了呢？我这是怎么了？为什么我什么都做不好？

我在那儿坐了差不多有一个小时，在想了无数个去处之后，最终我承认自己哪儿也去不了。我冻得直发抖，身上没有一处干的地方。这么晚了，要是一个人坐在公园里的长椅上，我会觉得更加孤独。想象一下，在这样的下雨天，我一个人在公园的长椅上，铺开睡袋，躺在里面……光想想都让人无法接受。逃跑是没希望了，我无处可去。于是，我站起身来，朝家里走去。

我静悄悄地走进家门，听到老妈老爸还在厨房里说话，根本就没人注意到我离家出走！是啊，我就是这么一个“隐形人”。我生气地跺着脚回到了房间，一屁股坐在了床上，背上还背着背包。屋外大雨倾盆，我不得不做这个“是什么让我成为我”的演讲，我不得不站在全班同学面前。无论如何，他们迟早都会发现我的秘密，如果不是在“展示和讲述”中发现，也会在其他什么场合下发现。我真傻，竟然以为我可以把它藏起来。我不知道我要做些什么，但突然间，我感到筋疲力尽，唯一想做的就是睡上一觉。所以，我穿着湿衣服就睡着了，一夜无梦。

一醒过来，我就开始琢磨演讲的事儿。我决定了，再给草药茶最后一次机会。我跑去厨房，又偷偷泡了一杯茶，把它端上了楼。我一边啜饮着这令人作呕的东西，一边看着我的白纸，我的钢笔躺在白纸上，等着站起来去写些什么。我开始思考之前苏说的话，我到底喜欢什么呢？

就在这时，它出现了！

就像从天而降的闪电，一个主意猛地在我的脑海中浮现了出来。

我放声大笑，这能行吗？这会是拯救我的救命稻草吗？能让一切都好起来吗？也许，只是也许，如果我能做到，那么一切都将改变！我再也不用沉默了，我再也不用逃跑了！面对布莱克莫时，面对斯凯拉时，我总是在逃避。从餐厅里逃跑，从家里逃跑……也许我可以不再逃避，可以面对所有人，就像面对现在镜子里的自己一样！

“你可以做到的，比比利。”我照着镜子对自己说道。长久以来，这是我第一次相信镜子里的我所说的话。也许是草药茶起效了，也许是言语之神听到了我的祈祷，又也许是我和苏的聊天给了我力量。我从书架上拿起了我的笑话书，还有我最喜欢的绿色记号笔，跑下楼，找来了一些纸板。这个主意让我很兴奋，如果在足球训练开始之前没有完成的话，那我今晚会继续完成剩下的，我有一整晚的时间，即使得熬夜，我也要把它搞定。

第九章

谁会嫌自家的门太大？
守门员。

我有自知之明，我看上去并不像是个会踢足球的孩子，而事实确实如此。当初，我加入足球队，纯粹是因为老爸。他每周都会反复唠叨说：“作为团队中的一分子，是真的好。”对此我并不是很赞同，我认为只有那个团队认可了你，希望你成为其中一员时才是真的好，难道不是吗？我的球队——哈特韦尔英雄队——吸纳我时实际上别无选择，他们人手不够，急需球员。所以，上个赛季老爸自作主张地帮我报了名，他甚至都没有征求我的意见！我们的球队老是输，我没跟你开玩笑，毫不夸张地说，我们一场比赛也没赢过！

上个赛季，我们队非常渴望进球。所以，我们开始练习一些庆祝进球的动作。每场比赛结束后，我们都会花上十分钟，在庆祝动作中加些新的东西。一开始，马丁做了一个后空翻，然后每个人都添加了自己的动作。从我们设计庆祝动作开始，比了八场才终于进了一个球。到了那会儿，庆祝动作几乎已经变成了一套完整的舞蹈。幸运的是，我不用跳舞，因为我是守门员。所以，最后当我们以一比十的比分输掉比赛时，我并没有在球场上手舞足蹈。

去年，我们一起在电视上看了世界杯，这让老爸萌生了让我加入哈特韦尔英雄队的主意。由于工作变动，他当时没去报道世界杯。和老爸一起看世界杯让人很兴奋，很带劲儿。我们一边吃薯片，一边对着屏幕大喊大叫，老爸还能消灭两罐啤酒。我们还画了一个大大的图表，把所有的得分信息都记录在了上面。

我喜欢看足球赛，但我并不热衷于踢足球。因为我不喜欢对付别人，也不喜欢被别人对付。遇到问题我更倾向于绕道走，但如果你想赢下比赛，这就不是一个好的策略了。可如果你想保证你的腿脚完整不受伤害，那这个策略反而再好不过了。所以，我并不觉得自己的策略有什么问题。

反正孩子们经常被大人告诫：

不要伤害别人。

尽量不要发生肢体冲突。

不要未经允许就拿走别人的东西。

要学会分享。

不要彼此之间大喊大叫。

但突然之间，一到了球场上，为了“保持控球”，我们竟然可以彼此之间吼来吼去，你推我搡；为了“进攻”和“防守”，疯狂逼抢和耍心眼儿竟然也丝毫没有关系。

看球赛的时候，爸妈们都变成了无礼之徒。有一次中场休息时，我听到杰伊·莱利的老爸说他“太客气了”（杰伊撞倒了持球的人，向那个被撞倒的人道了歉。他那么做难道不是很有礼貌吗？）。然后，我还听到他老爸继续说：“拿好球，不要给他们机会！这不是他们的比赛，这是你的！”（但那肯定是他们的比赛，上半场踢完，比分已经是零比八了，我们输得惨着呢。）

杰伊看上去似乎并不自信，觉得他老爸只是在逗他。于是他老爸更进一步说：“杰伊，没关系的，你能上场就已经很不错了。尽情踢吧，你不必向任何人道歉。事实上，就算你对谁犯了规也没关系。”说着说着，他老爸竟然激动了起来，“该犯规时就要犯规！”他摇晃着杰伊的肩膀，看上去用了不小的力气。我能看得出来，他老爸正在酝酿什么。他环顾四周，低声说：“你知道吗，伙计，如果你犯规了，我就给你五英镑。”

杰伊瞄了瞄四周，看是否有人听到了他们的对话。接着杰伊低声问道：“你是认真的吗，老爸？”我低下头，假装在整理护膝。“当然啦！”他老爸接着说，“如果你对谁犯规了，我就给你五英镑。来吧，孩子。去球场上，让我的五英镑物有所值！”

后来我跟老妈说了这事儿，她说这种“教育”真可怕。但与此同时，老妈竟然笑了起来，弄得我都不确定她说的是不是真心话。下半场的时候，杰伊因为铲球被出示了一张黄牌，不知道他有没有收到五英镑，但愿他收到了。

意识到我在比赛时总是太过“客气”，我们的教练便把我安排到了守门员的位置。你可能会认为，像我们这样的球队，每周都输球，当守门员肯定最痛苦了。尤其是以我的身高做守门员，我是班上第三矮的，但奇怪的是，我其实很喜欢做守门员。

当我看到有人朝我冲过来的时候，时间就好像会慢下来，重要的只剩下皮球。毫无疑问，我让很多球进了球门，但我也扑救了不少球。而且，我发门线球的技术越来越好了。现在，我几乎可以一脚把球发到中线位置。其他人也觉得我还行，或者他们真的不想做守门员，所以他们对我很友好，确保我不会退队。

老妈不怎么看我的球赛，她说看球赛对她来说太过“揪心”，但老爸却很喜欢。他每次来，都会在观众席上喊个不停：“就是这样，比利，站稳了，压低重心！”我不知道他为什么要一直大喊大叫，说那么多，根本没人听他在说什么。上了场，不是去学习新技能的，这就好像意大利千层面已经放进了烤箱，你却还要告诉别人怎么做千层面才最棒，这哪儿还来得及呢？

克洛伊今天也来看球赛了，还带着她那愚蠢的啦啦球。

我试过阻止她，这太让人分心了，但她哭了。老妈说我太残忍了，所以我只好同意她带着啦啦球过来看比赛。比赛时，我能听到啦啦球发出的沙沙声，还能看到那两团粉红不时闪动。克洛伊在观众席上忙活个不停，那些丝条总在我的眼角晃来晃去，让我觉得她是在为我所有的失误而欢呼雀跃。我不明白，为什么我没办法公然离开场地，跑去阻止她，但她和她的啦啦球却可以干扰我，不停地让我分心。有时候，这个世界真的很不公平。而且，老爸和老妈似乎根本就不明白我的苦衷。

我在长椅上戴护膝的时候，一个声音忽然从我的头顶处传来。

“你好呀，比利。”说话的人身穿比斯顿流浪者队的蓝色球衣，是我们班的亚历克斯。在这里碰到他，我感觉很奇怪。对我来说，学校和足球场是两个完全不同的世界。我不知道该咋办，所以，只是点了点头，给了他一个微笑。“我不知道原来你也踢球啊。”他说。

我不知道是否要回答他，我能在校外说话吗？我偶尔会和队里的孩子们说说话，但他们认识我很久了。而且，如果我说话了，那我保持沉默的誓言该咋办呢？幸运的是，他接着又说：“我只是个替补啦，他们从来不让我上场超过五分钟。但这也不能怪他们，上次，我打进了两个乌龙球！一个还好，但两个呢！唉，我踢得确实很烂。”

我不假思索地笑出了声……听到自己的笑声，我很尴尬。但笑笑应该没问题，不是吗？笑的时候又不会口吃。或许，我可以把这个加到“说话不卡壳的方法”清单上。唱歌、低语，再加上一条——笑，我要把这一条默默记在心里。等回家之后，我就去照镜子，试试看能不能边笑边说话，看看会不会有什么不同。

“总之，祝你好运！希望你表现得比我好！当心布莱克莫，他踢得很凶。我很高兴我上场时间很少，要不然，我觉得……如果给布莱克莫抓到机会的话，他很可能会对我犯规，尽管我跟他是同一队的！”他笑着对我说道。一听到布莱克莫的名字，我就听不进去他接下来的话了。我连忙扫视整个球场，一阵恐慌立刻涌上心头。

那个坐在场边草地上，穿着七号比斯顿球衣，正在穿球鞋的，就是布莱克莫。我不知道他竟然也踢足球！站在布莱克莫身边的，是一个年龄稍大一点儿的孩子。那个人目不转睛地盯着手机，看起来长得很像布莱克莫，身形和五官都很粗犷。他眉头紧皱，情绪好像不怎么好，样子看上去比布莱克莫还要凶狠，我猜他肯定是布莱克莫的哥哥。谢天谢地，看样子他哥哥并不会上场比赛。布莱克莫站起来时，那个岁数更大、样子更凶狠的“布莱克莫”一把揪住了布莱克莫球衣的领子，把他拽到了场边，紧紧地搂住他。面目狰狞的“布莱克莫”大声嚷嚷了起来。

“祝你好运，我的好兄弟，加油！”说着话，他猛地一把推开了布莱克莫。与此同时，他还在布莱克莫的屁股上踹了一脚，踹得布莱克莫一个趔趄。

亚历克斯远远朝我看了一眼，我向他点了点头，然后便蹲到了一张长凳后面，假装整理鞋带。直到比赛开始，直到布莱克莫走得足够远了之后，我才偷偷溜到球门边上，没让他看见。

幸运的是，他也是守门员，我们俩各在足球场的一端，彼此之间隔得不能再远了。直到中场休息时，我们输了个零比十，他才看到我。

“比利·普林普顿！我还在想对面的守门员咋那么菜呢，原来是你啊！”然后，他抱住了我，抱得那么紧，让我感觉自己都快没法儿正常呼吸了。与此同时，他还一下又一下重重地拍打着我的后背。这下好了，任谁看到这情形，都会认为布莱克莫见到我喜出望外。直到教练叫我过去，他才松开手臂放我离开。临走时，他又狠狠地在我背上拍了一巴掌。

我回到球门前时，哨声已经吹响，下半场开始了。我的后背仍然能感受到布莱克莫手掌的形状。他现在改踢前锋了，所以离我不是一般的近。

我能听见克洛伊在喊：“比利！比利！比利！”她一边大声尖叫，一边挥动着手里的啦啦球。我真想冲过去叫她停下来，而就在这时，布莱克莫抢到了球，朝我冲了过来。他一边奔跑，一边模仿着克洛伊的喊声：“比利！比利！”我不知道要不要扑下这个球，我不想惹布莱克莫生气……不过幸好，他打高了，球高高地越过了横梁。我既不用拦截他，也不会惹他生气。紧跟着，他朝我走了过来，但这一次，我没法脚底抹油了。

“你踢多久了，比利·普林普顿？”我讨厌他叫我名字的语气。我只是看着地上。“说啊，回答我。”他边说边吐了一口唾沫。我什么也没说，只感觉自己的脸颊滚烫。“你是个白痴吗？为什么你不说话？”他愤愤地说道。就在这时，球回到了我的身边，到我发门球了。

我把球放在了球门区的线上，裁判冲布莱克莫喊了起来，让他给我让出发球的空间。于是，他从我身边走过，用力推了我一把。紧跟着，他便投降似的高举双手，脸上装出一副道歉的神色，假装是不小心推倒我的。我站起来时，裁判吹响了哨子，给了布莱克莫一张黄牌。我抬起头时，看见坐在替补席上的亚历克斯笑了，但那是苦涩的微笑，不是哈哈大笑。

“没搞错吧！比利·普林普顿害得我吃了一张黄牌?！”布莱克莫扯着嗓子大声嚷嚷了起来，“走着瞧吧，比利。明天咱们学校见，看你怎么给我交代！”

第十章

卷尺、米尺和格尺，哪个最长？一样长，都是两个字。

我正要出门，老妈紧紧地抱住了我说：“比利，我真为你感到骄傲。我知道这不容易，但是我们可以做到的，对不对？”我点了点头。她继续说道：“你还没告诉我你要讲什么呢！”我抓起了书包，笑着回答她说：“我以后再告诉你。”

“我了不起的儿子。”她总会说这些词：了不起的、不可思议的、卓越的、最棒的、令人惊奇的。她老用这些词形容我，不过，我并不想变成她所说的那样，我只想做个普通人。

布莱克莫什么也没带，所以，他只是“展示”了一下他的文具盒，并说它对他来说有多么“重要”。然后，他把文具盒抛到了空中，但他没伸手去接，任由文具盒啪的一声掉在了地上。他深深鞠了一躬，顺手捡起文具盒，把不少人都给逗乐了。

“好吧，谢谢你，威廉。”奥修先生说，“人们总说，通过一个人的……呃……文具盒，你可以了解到他的很多情况。想出这个主意，你一定花了很长时间吧。”

“老师，这可是花了我好几个小时呢。”布莱克莫笑着说。我在发抖，尽量不去想今天过后，如果知道了我的秘密，布莱克莫会对我做些什么。

“下一个，”奥修先生看了看他的点名册，“亚历克斯。”

亚历克斯拿出了他的助听器。他告诉大家在他四岁的时候，他失去了听力，所以大多数的时候，他都是通过读唇语来“听”别人说话。不过戴着助听器就意味着——他的左耳还可以听到一点儿声音。

“但是，”他继续说道，“有两种情况我会听不懂你在说什么：一是你说话的时候没有看着我，二是我压根儿就没想听你说话。”

听他这么一说，大家都笑了。回到座位时，他跟乔希还有马修分别击了个掌，同时也冲我笑了笑。他看起来很骄傲，这有点儿不可思议，真希望我也能像他一样。我心里悄悄鼓起了一些勇气，深深吸了口气，试图感染一些他的自信。

大家一个接着一个上台展示，有人带来了电脑游戏，有人带来了小时候的泰迪熊，还有人带来了他们家宠物的照片。轮到斯凯拉时，她给我们看了一只小小的银手镯。那本应是她妹妹的，可她的小妹妹刚出生一个小时就夭折了。尽管我和斯凯拉在同一所学校待了那么久，但直到今天我才知道这事儿。我认为，讲出这件事真的很需要勇气。奥修先生看起来都要哭了，但斯凯拉似乎还好，她说那是很久以前的事儿了。听了斯凯拉的故事，我为自己紧张了那么久而深感后悔。既然她都能那么勇敢，说出她的故事，那我也一定能做到。

在我前面上台的，是雅斯敏·奥利。她带来了一张家人的照片。她还说朋友对她来说很重要，就像她的家人……最后，她还用手比了一个爱心，女孩们都拍手叫好。我坐在座位上，两膝之间夹着些硬纸板，紧张得浑身发抖。

真希望我不姓普林普顿，因为，点名册上的名字是按照姓氏的首字母排序的。这就意味着，我总排在点名册的末尾，每每发言之前，我都会紧张半天。

等雅斯敏坐下后，奥修先生说："下一位是……比利？"他朝我眨了眨眼睛，教室里响起一阵热烈的掌声。我站了起来，慢慢走向讲台，尽量不去看布莱克莫。无论多么美好的计划，都无法阻止他带给我的压力。

所以，我不去看他，而是把注意力都集中在了奥修先生和斯凯拉身上，因为他们正冲我微笑呢。我拿出了我最喜欢的笑话书——《999个儿童笑话》，我把它高高举起，让全班同学都能看到。然后我举起了第一块纸板，上面用粗粗的笔画写着大大的字：

我的名字叫——
比利·普林普顿。
我有口吃！

我的手不受控制地发抖，好像它们根本就不属于我一样。我放下第一块纸板，拿起了第二块，然后是第三块。

我带来的是一本笑话书……

……我喜欢笑话。

教室里鸦雀无声……我还有五块纸板。

不幸的是，
今天我不能给你们讲笑话。

因为如果一句话，
不能流畅地从头说到尾，
就很难讲好笑话。

我听到有几个女孩说道："唉……真希望他能早点儿好起来。"

没了。

我鞠了一躬，然后，举起了倒数第二块纸板。

现在，
请大家——
鼓掌和欢呼！

大家真的这么做了！他们真的开始鼓掌，有的人还吹起了口哨。我看向奥修先生，我很担心奥修先生会认为我欺骗了他。因为在展示和讲述的演讲中，我只展示了我的笑话书和纸板，却没有讲述什么。但奥修先生的脸上洋溢着灿烂的笑容……我知道，这样做过关了。于是，我举起了最后一块纸板。

因为你们的欢呼，
现在，整个学校里，
数我最酷！

看到这最后一块纸板，大家顿时哈哈大笑。我又鞠了一躬，回到了我的座位。亚历克斯举起一只手，我和他击了个掌。然后，乔希和马修也都跟我击了掌。我的脑袋晕乎乎的，耳朵也在发烫。不过，这感觉很棒，他们真的笑了。我总算松了口气，真是太好啦，我再也不用隐藏我的口吃了。

我抬起头，看见布莱克莫正盯着我。我试着欺骗自己，假装他没有在看我。我只想享受这一刻，现在，最重要的是我做到了！我做完了演讲，而且做得不错，不对，做得还蛮好的，毕竟大家都笑了！也许，下次我会尝试大声说出来。

我正要离开教室，奥修先生叫住了我。等到教室里的人都走光了，他微笑着问我："你感觉怎么样，比利？"

"我觉得……还行吧。"

"小伙子，你这么做真是太勇敢了，而且很有趣，我对你的演讲印象十分深刻。"

"谢……谢谢。"

"现在，我得承认一件事。在我的教书生涯中，我从来没有教过口吃的学生，你能相信吗？"

我只是笑了笑，耸了耸肩。他继续说道："所以，我需要你的帮助。如果可以的话，和我说说看。我能做点儿什么……能让你在学校里更自在，人们做什么会让你不开心，或者让你难做呢？这些事，我都想有所了解。"

我只是点了点头，"等候者"和"鼓励者"的形象浮现在了我的脑海之中。但我知道，现在还不是一股脑儿跟他解释这些的时候。

他似乎会读心术一样，看着我说道："我知道，你心里有不少想法。但是，现在要对你的整个人生经历来个长篇大论，你还没有准备好。那么先这样吧……"他在桌子抽屉里翻找了一番，拿出了两个小小的笔记本。一个封面上有些蓝色条纹，另一个封面上画了一只鼓，上面写着“砰”和“轰”。

“选一个吧。”他说。

我立刻指向了有鼓的那一本。

“我就猜到你可能会选这本！之前，我就看到你拿着铅笔打拍子。你知道吗，在吹小号之前，我可是个打鼓的。不过，那都是好几年前的事儿了，而且我打得也不太好。如果有时间的话，我可以在学校的架子鼓上打几段给你听听，怎么样？”

“行啊！那真是太好了！”

“很好，那就先这么说定了。要是你想到任何对我有帮助的事情，请把它记下来，就写在这个本子上，好吗？这并不是什么工作簿，所以你可以尽情随意地写，你也可以在上面涂鸦，或者随便怎么样都行。但如果忽然想到了什么，请一定要把它们记下来。我们每周快结束的时候一起聊聊上面的内容，怎么样？”

“好的，老师，谢谢谢您。”

手里攥着笔记本，我正准备走出教室，忽然想起了一件事。所以，我停下了脚步，转身对奥修先生说道：“老师，实实实际上，现在，我想想到了一件件件事。”

“你说。”

“我我我的名名名……”当我卡壳时，奥修先生只是耐心等待着，“名字在点点点名册的末尾，这让我有有有……点儿痛痛苦。”他怔了一下，想了一会儿问道：“因为你要等很长时间？”

“是的，老师，我我想早……早早些回答。”我说，但很快又补充道，“但但但但我也不不想被第一个点到！”

“好的，我能理解，不用担心，这件事很容易解决。我会给你所有的老师都传个话，把你的名字往前面调一下。事实上，也许我可以把整个点名册都调整一下，不以姓氏而是以名字的首字母来排序，这样你的名字就在前面了。而且，其他人的名字顺序也都会被调整。这样，就不仅仅是你一个人有改动，怎么样？”

“真的吗？”我有点儿不相信自己的耳朵。

“当然啦，比利，这个改起来又不难。所以说，这就是我要你告诉我一切的原因。如果你压力太大了，在学校里就没法儿过得开心，更不能好好学习，是不是？我希望我班上的同学们都能开开心心的！”

“老师，谢谢谢您！”说着话，我低头看着笔记本，感觉今天真是越来越美好了。

吃午饭时，斯凯拉走了过来，和我坐在了一起，而我也感觉没有必要再逃跑了。

“我喜欢你的演讲。”她一边说话，一边大口大口地吃起了薯片，看起来饿坏了。

“我也喜欢你的演讲。”我低声说，“关于你妹妹的事儿，我很难过，我以前都不知道。”

“谢了，从那时候起，我老妈的生活就变得一团乱糟。她大部分时间都待在床上，但我还好，我能照顾好自己。”

我不知道该接着说些什么，但能说些话的感觉真好，哪怕只是低声说话。就这样，我们坐在一起吃着午饭。我忽然意识到，有她坐在身边的感觉真是棒极了。吃完午饭，斯凯拉沿着走廊往前走去，我犹豫着，不知道要不要跟着她。但她没有回头，所以像往常一样，我继续在校园里闲逛。不过，今天有所不同，我看到“抖腿哥”乔希和大高个儿马修朝我走了过来。

“嘿，比利。”乔希走近了说道。

“嘿。”我低声回应。

“对了，你的展示和演讲很棒，震撼全场。”马修说道。

“谢了。”我的音量不知不觉间竟然提高了不少。

“我也喜欢笑话。”他接着说，“有只松鼠朝西跑了十步，然后朝北跑了十步，最后又向右转了七百二十度才停了下来。请问：现在这只松鼠的尾巴朝向哪里？”

原地转了两圈之后，我做了个斗鸡眼的鬼脸，晃晃悠悠地答道：“尾巴朝着天上！”马修拍了拍我的肩膀，笑着说：“你居然也知道这个！我们要去音乐休息室跟亚历克斯碰头，一起去吗？”

“也也也也许，我待会儿会去那儿转转。”我有些犹豫地说道。说话间，他们挥手离去了。

看着他们的背影，我知道我不会去，至少今天不会去。没关系的，尽管我还是一个人在走廊里闲逛，但现在的感觉完全不同，我不再是个隐形人了。

第十一章

为什么人会生病？
因为还活着。

第二天历史课上，在爱博尔女士没有注意时，布莱克莫举起了一张纸，上面写着：

所有人都为
比比比比利·普普普林普顿
感到悲哀

看到这张纸，有些同学的表情很是愤怒，但也有些人捂着嘴偷笑。斯凯拉从布莱克莫手里夺过那张纸，把它撕成了碎片。

“斯凯拉·诺金斯，我们正在上课呢，你有什么理由必须这么做吗？”爱博尔女士人真的很好，但是她严厉的声音非常吓人。她批评人时声音十分平静，却比大吼大叫要管用得多。

“抱歉，老师。”

“好了，别让我再看到你打扰大家。”

过了一会儿，我转头看向布莱克莫。他手里又举起了一张纸：

斯凯拉臭死了

我真希望自己也能为了斯凯拉冲上去，把那张纸撕个稀巴烂。我想到她的妈妈躺在床上，而她只能自己照顾自己，只能自己一个人喝下午茶……之后的每一堂课上，布莱克莫都会拿出新的纸。我努力想要忽略那些纸，努力不去看那上面的字，可我控制不住自己，总是忍不住去看……

给我们讲个笑笑笑笑笑笑话吧

算了吧，比比比比比利比比比比比利

甚甚甚至都说说说不不不出下面的话：

比比比比利·普普普普林普顿

喜欢邋邋邋里邋邋邋遢的斯凯拉！

正当我像往常一样，午饭后在学校里闲逛时，布莱克莫逮到了我。他抓住我的手臂，拽着我穿过走廊，边走边低声说：“普林普顿，这事儿你不许跟任何人说。”说完，他自顾自地笑了。“哈哈，我差点儿都忘了，你跟谁也说不出一个字，对不对？”接着，他把我推进了男厕所，掏出了他的手机。

“你得给我来段小小的表演，比利，我知道，你喜欢讲笑话。所以，别担心，这会很有趣的。这就像是你的第一场喜剧表演。我把它传到视频网站上，一定会火的！”说着，他点开了手机的录像功能，把手机对准了我。

我真不知道他会让我干什么，我吓得要命。要是他让我脱光衣服，或者让我喝马桶里的水该怎么办？“你只需要念字母表，比利，仅此而已。念完字母表，你就可以离开了。”他咧嘴一笑，笑得十分瘆人，“但请记住，你得说得清楚漂亮哟，别吞吞吞吞吐吐吐吐的！”

我试着逃跑，但他一把抓住了我，把我推回了厕所。我别无选择，布莱克莫的块头很大，比我壮两倍。我站在那儿，浑身发热，止不住地发抖。如果我只是站在那儿憋着，什么也不说，他一定会在我开口之前感到无聊。这样的话，他或许就会放我走了。“别让我一直等着，比利！”他一边咆哮，一边按住我的肚子猛推了我一把。我的天哪，他这一下子力气很大，疼死我了。我决定照着他说的去做，毕竟只是念个字母表，这能糟到哪儿去呢？

“A……BBBBB……”

“哦，不行，比利，重新来！”

就这样，被困在厕所里，闻着男孩子们的尿臊味儿，我花了二十五分钟念字母表。我每说出一个字母，他都会放声大笑。说着说着，我又从头开始……这一切毫无意义。因为我知道，我永远也无法从头说到尾，但偏偏又不能停下来。每尝试一次，我心中的屈辱感就会增加一分。不管我怎么努力，都只能念到“D”。终于，他也感觉一直这样没什么意思。于是，他一把推开了我，晃晃悠悠地走开了。我顿时如释重负，但也筋疲力尽，浑身发软，只想回家爬进被窝蒙头大睡一通。

从学校出来时，我看见了站在校门口的老爸。他从来没到学校接过我，所以，我立刻意识到出了什么状况。他的脸看上去像是一下子苍老了许多，一动不动地站在那儿。一开始，我以为是因为我，肯定是我做错了什么。我的脑子里涌现出了无数想法，心里忐忑不安。难道他看到布莱克莫录的视频了？就在这时，他弯下腰，握住了我的手，直视着我的眼睛开了口。

“比尔，面包姥姥住院了，她中风了。”

第一次从老爸口里听见“中风”时，我完全不知道那是什么。不过，通过他说话的语气和方式，我能猜到不是好事。在车上，我一句话也没说，老爸也一路沉默。在车的行驶过程中，我数了数我能看到的所有红色汽车，一共有十四辆。如果我停下来，不去数汽车的话，也许，我的脑子就会开始想面包姥姥生病的事儿，所以我一直数着。一到家，我就迫不及待地拿出平板电脑，搜索“中风”到底是个什么东西。

“中风是一种严重的、危及生命的疾病，通常人体大脑供血不足时，就会中风……”

“危及生命！”看到这个表述，我感觉很不好。

老妈不让我去医院，她说：“我得先去看看她怎么样了，等我们了解了她的情况以后再说。”我本来想要表达一下不同的意见，说面包姥姥需要我，我必须去陪在她身边，但看见老妈一脸难过地拿起包走向门口，我打消了给她添麻烦的想法。

老爸说在老妈回来之前，我可以接着玩平板电脑。于是，我穿上我的星星连体睡衣，歪坐在克洛伊身旁的沙发上，开始看我最喜欢的喜剧演员。不过，在面包姥姥病重时看人讲笑话，总让我感觉不大对劲儿。我茫然地望着屏幕，突然记起布莱克莫嘲笑我，用他的手机对着我的脸拍录像。如果他把视频上传到了网上怎么办？我看了看克洛伊，确保她没有在我身旁偷看。她正全神贯注地盯着电视呢，上面正播放着一些小马卡通节目。于是，我开始在网上搜索了起来，一边搜，一边祈祷那个视频没有被挂到网上。

我先是搜索了布莱克莫的名字，接着又搜了我的名字，然后又搜了所有我能想到的词条：口吃小孩、口吃版字母表、不会说话的小孩、搞笑的口吃、ABC口吃……结果什么也没找到。呼——我松了一大口气。现在，最不应该让老妈操心的，就是这事儿——因为被人霸凌，我一炮走红。我呆坐在那儿，有些郁闷，不知道该看什么。最后，我决定还是看看《蓝色星球》，看面包姥姥最喜欢的那一集。我要专注于小飞象章鱼，试着记住所有相关细节。这样的话，我去见面包姥姥时，就可以讲给她听了。她会没事的，她一定会没事的。小飞象章鱼放完了，我把进度条拖到最开始，又点击了播放。看到了我的屏幕，克洛伊一脸疑惑不解。

“为什么你又要看一遍，比利，你还真是无聊啊。”

“你和你乱七八糟的小马节目才无无无聊呢！”我冲她喊道。就在这时，老爸走进了屋来，告诉克洛伊她该睡觉了。

“那比利怎么不睡？”她抱怨道。

“他比你大。”老爸说。

“那面包姥姥怎么办？”

“要是有什么状况，我会叫醒你的。”

“有什么状状状况？老爸，你的意思是……”我问道，“你是说，面包姥姥会死死死？”

“够了！拜托，比利，别说了。克洛伊，现在，请你上床睡觉。”克洛伊知道，再闹下去没有任何意义，只好乖乖睡觉去了。

后来，在看第三遍《蓝色星球》的时候，我听到外面传来了老妈停车的声音。我赶紧按下暂停键，穿着拖鞋跑出去迎她。她看起来一脸疲惫，跟着我回到了家里。老爸抱住她时，她开始在老爸怀里失声痛哭。看到老妈流泪，我心里一沉，觉得面包姥姥肯定是没了。所以，我也跟着哭了起来。

但老妈抽泣着说：“她没事，医生们说她会好起来的，只是轻度中风。”

我希望老妈别瞎哭，要哭也要在更有意义的事儿上哭。如果面包姥姥没事，那老妈还哭什么？不过，我擦了擦眼泪，走过去给了她一个拥抱，她看起来真的很需要一个拥抱。

第二天，他们批准了我去看望面包姥姥。医院里有股怪味儿，进入医院时，我们在手上抹了些又湿又凉的东西。这让我很担心细菌感染，不想去碰医院里面的任何东西。所以，我用胳膊肘去开医院里所有的门。老妈说我是个“怪咖”，还压低了声音批评我。我和克洛伊在超市里挤了太多这种冰冰凉凉的东西时，她也是这么干的。

“比利，你也真是的！”她低声说道，“只要挤一下就行了，而不是十下！”

面包姥姥的邻床上，躺着一个老头儿。他躺在病床上，不停地大声呻吟着：“救我……救救我……”老妈找来了护士，可护士看过之后，他还是一直哼哼。他说话的时候，眼睛直勾勾地看着我，看得我心里直发毛。我真的很想帮他，但又不知道该怎么帮。克洛伊也被吓到了，哭了起来，所以老妈就把她带出去了。

“比利，你陪面包姥姥一会儿，我带克洛伊出去透透气。”

我希望克洛伊别回来了，那样对我来说再好不过，我只想单独和面包姥姥待在一起。面包姥姥很虚弱，我跟她说话的时候，她时不时地会睡着。但即使是这样，我也想一直陪在她身边。她看上去很苍老，穿着病号服躺在病床上，布满皱纹的手腕上缠着个塑料标签。她脸色苍白，说话困难，嘴角还有口水往外流。看到面包姥姥流口水，我不禁觉得有点儿尴尬。刚才老妈拿手帕给面包姥姥擦过口水，所以，老妈和克洛伊不在时，我也学着老妈那样做。一开始，我还感觉怪怪的，但是后来也就习惯了。

面包姥姥的声音既虚弱又含糊不清。一开始，我很难听懂她在说什么。

“给我想想个要要要话吧，比利。”她轻声说。

“面包姥姥，你猜我昨天都见到谁了？”

“谁呀？”

“所有我睁开眼睛看到的人！”

我能感觉到面包姥姥在笑，她的眼眶里含满了泪水。握着她的手，我感觉到她浑身都在颤抖。不知道为什么，眼泪一下子就从我的眼睛里跑了出来。面包姥姥看着我，用力握了握我的手。

“我还不会离开你呢，比利，别哭了，我还要听你讲很多笑话呢。比利，别担心，跟我说说话吧。”

然后，面包姥姥就不再开口，她只是握着我的手，安静地听我说话。我跟她讲了学校里的事，然后，聊了一些我所知道的她喜欢的东西。我跟她讲《蓝色星球》里的章鱼，一遍又一遍地讲。我告诉她小飞象章鱼生活在海洋里多么深的地方……它们是多么稀有……它们生活在那么深的地方，以至于很少有人见过它们。

我记得面包姥姥曾经说过："它们不会冒出水面，这有点儿遗憾。人们如果能见到它们的话，一定会爱上它们。"当时，我记得我在想，如果它们出现在海边，人们可能会尖叫，或者会杀死它们。人们不喜欢太与众不同的东西，反正以我的经验来看就是这样。

和一个不怎么说话的人聊天，不是件容易的事。我实在不知道该说什么时，就拿起她床边桌子上的书，把书里的内容念给她听。书的封面上画着一间小木屋，屋子四周长满了鲜花。我念完了第一章，又给她讲了一些笑话。面包姥姥太虚弱了，虚弱得都没力气露出笑容。她的眼睛闭着，但每听到一个笑点，她都会捏捏我的手。

回家的路上，克洛伊睡着了，我也假装睡着了。有时候，我想偷听老爸老妈会说些什么时，就会这么干。为此，我还专门调整了呼吸。以前我装睡时，总会被老妈识破。后来，我才发现是呼吸的问题。现在，我每次都能瞒过她。他们很小声地在车子里嘀嘀咕咕，但我还是能听到他们在说什么。我听到他们说，面包姥姥出院后，可能不得不去疗养院住了。

"护士说了，她以后无论做什么，可能都需要有人帮忙。比如上厕所，或者吃饭。"老妈说道，声音里满是担忧。

“好吧，我们以后看看吧，”老爸说，“她很要强的，也许很快，她就又能站起来了。”

“他们还说，要是有人能在边上陪着她，中风可能就不会那么严重了。本来，她可以早些被送到医院的。我很内疚，伊恩。”

一想到面包姥姥一个人待在她的公寓里，需要帮助时身边却没人，我就嗓子一紧。所以，我假装醒了过来，我告诉老妈，面包姥姥可以来我们家住。可以住在我的房间里，而我可以跟克洛伊一起住。

“这样的话，我就可以照顾她了。”我说。

老妈笑着说道：“宝贝儿，你这个想法很贴心，可是，她恐怕不能跟我们一起住。”

“为为为为什么不行！”我感觉她根本没在听我说话。

“因为，比利，我们只有一个厕所，而且在楼上。在面包姥姥中风之前，她几乎都爬不了楼梯。我不认为中风之后，她的身板会更好，你说呢？”老妈好像生了我的气，脸上白一阵红一阵。看起来，她好像快要哭了。我这才意识到，面包姥姥其实是老妈的妈妈，她怎么会不想照顾自己的妈妈？

有时我很难想到这一点，我只想着她是我的，是我的面包姥姥。听了老妈的一番话，我忍不住开始暗自琢磨，如果中风这事儿发生在老妈身上，我会作何感想。如果我把老妈送进一个难闻的房间里，身旁还躺着个哼哼唧唧的老头儿……如果要我擦掉老妈嘴角的口水……想到这儿，我的喉咙一紧，我不能让自己继续想下去了。

“对……对不起，老妈。”

“没关系，亲爱的。我知道，这对你来说很难接受。她很爱很爱你，你知道的，对吗？你和你的笑话点亮了她的生活。”

“嗯，我知道的。”不仅嘴上这么说，我心里确实也是这么想的。与此同时，我还想起了面包姥姥坐在她的碎花沙发上，想起了我和她拉钩时所做的承诺。

第十二章

怎么做才能让纸包住火？
在纸上写一个“火”。

几乎每次消灭完比萨、薯片、苹果汁和酸奶（现在，我和斯凯拉每天中午都吃同样的东西）之后，我都会偷偷溜进剧场，坐在空座位上。有一次，斯凯拉跟着我一起来了，但她并不明白我们进来要干什么。

“你就只是坐在这儿？”

“嗯。”

“为什么？”她问道。

“不知道，我喜欢看着舞台。”

“我也不知道为什么，但有时候我会情不自禁地支持你，比利！”然后，她轻轻捶了一下我的手臂，把书包甩到了肩上，向门口走去。走到一半，她停了下来，回头朝我说道：

“也许有一天，你应该登上这个舞台，你这个怪咖！比利，教室见。”

斯凯拉的话让我不禁心头一动。

当剧场有人在舞台上唱歌跳舞的时候，我要么透过小窗户看他们表演，要么会去找个安静的地方看书。我尽量避开任何可能需要说话的地方。午休时间去图书馆还行，但楼梯间那儿有个更不错的地方。躲在那儿，没有人能看到我。有时候，我也会去美术教室周围闲逛，从教室窗户往里瞄，看看斯凯拉在不在里面，但我从没在那儿找到过她。她不肯告诉我她去哪儿了，还说“不关你的事儿！如果我们待在一起的时间太多，人们会说我们的闲话的，会比他们现在说的还要多”。

吃午餐的时候，能有个人说话真好。事实上，在课堂上一直保持沉默很难，尤其是老师提问时，我明明知道答案，却又不能大声说出来的时候。所以，到了午餐时间，我往往迫不及待想要说话了。我甚至试着给斯凯拉讲些笑话，用正常的声音讲，而不是低语。她是个很好的听众，但没有面包姥姥好。她总能感觉到我要开始讲笑话了，而面包姥姥永远不会这样。

“斯凯拉，今天，我学学学学到了一件有趣的事儿。”

“哦，笑话要来了……你学到了什么？”说着，她朝我翻了个白眼。

“你知道为什么在冬天的时候，鸟鸟鸟儿要飞到温暖的国家去吗？”

“这样它们就不会冷了？”

“不对，因为飞比走路轻松。”

她轻哼了一声，收拾好了她的餐盘。

“你的笑话……会不会有讲完的一天？”

“永永永永远也讲不完！”我大声说道，说完我还夸张地怪笑了起来，“嘿嘿嘿嘿嘿！”我一边笑，一边像个傻瓜一样搓起了双手。看到我这样，她大笑了起来，端起餐盘走出了餐厅。

今天，我的午休计划是去剧场。确切地说，我打算站到舞台上去。所以，我的心里面一直忐忑不已。一想到台下那一排排空荡荡的座位就那么静悄悄地看着我，我心里就直发怵。一步一步，我踏着舞台侧面的台阶往上走。每多走一步，我的心脏就跳得更快，脚就像灌了铅一样。每一天，我都会比前一天多走几步。现在，我终于走到了最后一级台阶前面。再往前走一步，我就能迈上舞台了。就在今天，就是现在，我要登上舞台！我激动极了。

等我彻底踏上舞台之后，我会告诉斯凯拉。我飞快地吃完午饭，走出了餐厅。布莱克莫站在走廊里，靠着墙，好像已经守株待兔了很久。现在，对于他的举动，我已经习以为常了。他就像个跟踪狂一样，一般来说，他都是在午饭之后来堵我。但有时候他又不按常理出牌，会在图书馆外面或者是在课间时给我来个“惊喜”。就恶霸而言，他是个不错的恶霸——专一。

他抓住了我，用力地捏着我的肩膀。紧跟着，他用他那可怕的声音说道：“说‘放过我吧，威廉大人’！”

大多数时候，如果有人看到布莱克莫靠近我，他们都会站在我这边，帮我说话，这很好。埃尔西和雅斯敏总叫他离我远点儿。在“展示和演讲”活动之后，她们告诉我说，她们觉得我很“可爱”。当然，除了她们之外，斯凯拉更是一直给我撑腰。上周信息技术课结束时，布莱克莫把我的书包扔来扔去，斯凯拉甚至还冲上去扇了他一巴掌。但后来她被留堂处分了，真希望我也有扇他一巴掌的勇气。布莱克莫对斯凯拉也很不友好，他总是爱拿她家人说事儿。现在，我环顾四周，没看见斯凯拉的身影，也没看见其他任何人的身影。所以，我想，我可能别无选择了。于是，我开始结结巴巴地说：“放放放过我我我我吧，威威威廉廉大大大大人。”

我终于说完了这句屈辱的话，打算从他身旁挤过去。假装笑着给我让路的他忽然又一把抓住了我，用力地拍打着我的背说：“你可真是有趣，谢谢，比利，谢谢！”他紧紧摁住我的肩膀，大拇指牢牢地扣住了我的锁骨。我知道，他并不打算让我离开。“那么现在，比比比比比比利，接下来你想说些什什什么呢？嗯？”他冷笑道。

忽然，正逼着我继续说话的他松开了一只手，挠了挠脑袋。

就是现在，我的机会来了。在这一刻，我该怎么办？是继续留下来，继续默默忍受一切，还是积极行动起来？

我抓住了机会，挣脱了他的控制，一猫腰就从他的身边溜走了。我不太擅长跑步，但是，布莱克莫跑起来比我还不如。在体育课上，我已经见识过了他那笨拙的步伐。所以，我知道，我能逃掉。不过，这并不能阻止他尝试追上我。他就在我身后不远处，紧追不舍——沿着走廊，我撒腿狂奔，心脏怦怦直跳，眼睛一眨也不敢眨。跑着跑着，我看到在我左手边有扇门开着。我立刻就冲了进去，砰的一声关上了大门。

脊背靠着门，我紧闭双眼，大口喘气。就在这时，一个声音忽然在我耳边响起："比利！好吧，这就是入场的最佳示范，加入我们你这么兴奋，我很高兴！欢迎加入！欢迎加入！"这是奥修先生的音乐休息室，我竟然忘得一干二净！"你来得可正是时候！"奥修先生继续说，"我刚刚改好手头的作业，正想找个人一起玩玩桌游，要不要来一局？反正我们也要叙叙旧，对不对？"

我点了点头，环顾四周……屋里放着轻柔的音乐，几个学生坐在懒人沙发上聊着天。大高个儿马修、"抖腿哥"乔希还有亚历克斯也都在。他们正围坐在一张矮桌旁，玩着一款非常复杂的桌游，游戏里有兽人和领主。他们抬起头，看见了我，都向我挥了挥手。这里看上去很和谐，很安全，我立刻就把布莱克莫抛到九霄云外去了。

奥修先生在一张桌子边上坐了下来，桌上放着一块宽大的雕花木板，木板上的每个格子里都放着些小石子。"这是迈尔斯·戴维斯的曲子，"说着，他的手在空中比画，打着拍子，“你听说过迈尔斯·戴维斯吗？”

奥修先生给过我一个笔记本，后来也跟我说起过想看看我都写了些什么，但我不知道该写什么。我总不能直接写“摆脱威廉·布莱克莫的欺负！”吧，我能吗？我知道，如果我告发了布莱克莫，那我的生活将会变得更加糟糕。所以，笔记本里什么也没有。看到那些空白页面时，奥修先生总是显得有点儿难过。他问我是否还好时，我只是点点头，低声告诉他我很好。实际上，那天演讲过后，除了斯凯拉，我没跟任何人说过话。在学校里，我只用高过低语的音量说过一次话，还是被布莱克莫逼着说的。但这些，我都不能告诉奥修先生。

和蔼的奥修先生一脸关切，等着我的回答。我意识到，我也想跟他聊聊，不是那种低语式的聊天，而是自然而然地谈谈心。反正我不跟他提布莱克莫的事就行了，是吧？我可以和他“随便聊聊”。

于是，我回答道：“我我我我外婆喜欢迈迈迈迈尔斯·戴戴戴戴维斯。”提到面包姥姥，我的心里忽然感觉有些怪怪的，脸上竟然有些发烫。我的脑海里浮现出了一个场景——面包姥姥一个人待在她那又热又挤的小房间里，听着迈尔斯·戴维斯的录音带……一想到她还躺在医院里的病床上，我不禁有些哽咽。

奥修先生轻轻地把手放在我的肩上说道：“嗯……你外婆肯定非常特别。”说完，他指了指木雕棋盘问：“你会玩非洲棋吗？”我微笑着摇了摇头。奥修先生没再追问面包姥姥的情况，这让我心里顿时一阵轻松。

木雕棋盘是奥修先生小时候得到的。当时，他去尼日利亚看望他的祖父母，他的祖父就雕刻了这个送给他。奥修先生一边说着话，一边轻轻抚摸着这光滑的棋盘。光看他的举动就知道这棋盘对他来说一定很珍贵，我很想知道他的祖父是否还活着，但我没问。

“这些小棋子，实际上来自树上的豆荚，”他说，“你摇一摇，就会听到里面有一小粒种子。”于是我拿起一颗棋子，在耳朵边上摇了起来——感觉很有意思，种子在里面滴溜溜乱转。

一开始，奥修先生赢了我四次。但在那之后，我翻盘了一次。“你还喜欢讲笑话吗，比利？”在我们把所有的小棋子都收拢起来，准备玩最后一局时，奥修先生问道。“没那么喜欢了。”我说。

“真的吗？”

“现现现现在，我更更更更喜欢看书了。”就在我们要开始游戏的时候，我一边说着，一边酝酿了一个完美的笑话。

“哦？那你在读什么书呢？”

“老师，我在读一本关于‘反重重重重力’的书，书写得真是太棒了，我简直爱不释手！”说完，我伸出双手，假装手上有个东西，而且我没法儿把它放下来，因为它一直飘浮在空中，“老师，明白了吗？一本‘反重力’的书书书书，我真真真真是没办法把它放下来。”

听到这儿，奥修先生哈哈大笑了起来，边笑边不停地拍着桌子。我感觉有点儿尴尬，因为所有人都转头看向了我们。我认为，奥修先生可能是有史以来最好的观众，甚至可能和面包姥姥一样好。我绝对会尝试着多给他讲些笑话的。

奥修先生走了一步棋，说：“比利，我感觉你就是为舞台而生的。”

“并并并非如此，老师，如果你连一句话都说不不不不标准，是很难难难走上舞台的。”听到这句话从自己嘴里说出来，我暗自一惊——我竟然暴露了隐藏许久的心声！不过，奥修先生身上有种东西，吸引着我想要跟他多聊一聊。而且在他身边做自己，我心里很踏实。

“为什么不能呢？”他继续说道，“再说了，你说的话有自己的标准，只是有点儿与众不同而已。我跟你说啊，尤其是作为一个表演者，与众不同一点儿问题也没有。有创造力的人注定会与众不同！你知道‘猫王’也口吃吗？”

“不知道！”

“他的确口吃，还有艾德·希兰也是一样。”

“这我可从来没听说过！”我说。

“比利，无论你想做什么，都不要让口吃阻碍你。”

上课预备铃响了，我收拾好东西，回到了固定教室。像往常一样，我坐在了亚历克斯旁边。跟奥修先生聊过天之后，我感觉更自信了。所以，我决定放手一搏。

“刚才在音乐休休休休息室，你俩在玩什么呢？”我问道，尽量让自己的话听起来随意些。

“‘陷城危机’，”亚历克斯回应道，“那个游戏棒极了！”

紧跟着，高个子乔希探过脑袋说：“你要是也想玩的话，我们可以教你。”

“好好好的，那太太好了。”说完，我抬起头，看见斯凯拉正面带微笑看着我。在她身后不远处，我还看见了布莱克莫。他也在冲我微笑，但两种微笑的意味截然不同。

第十三章

聚会时，桌子和椅子最喜欢玩什么游戏？
我们都是木头人。

这周，面包姥姥搬进了橡树园疗养院。周日的时候，因为身体还“太虚弱”，她没法像以前一样来跟我们一起吃午饭。所以，在足球比赛结束后（我们又输了），我们去了她的新住处看望她。她所有的东西都摆在房间里，加上房间比原来的要小，所以屋里显得特别挤。而且，跟她以前住的公寓比，她现在住的地方也闷热得多。

橡树园疗养院是一幢长排的红砖平房，住在这里面的人，几乎不是躺在床上，就是坐在轮椅上。在疗养院里，我还看见了一个大房间，里面有好几个人昏昏沉沉地坐在躺椅里。看着眼前的景象，我都有些怀疑他们会不会是已经死了。这里感觉就像是另一家医院，而且，这儿的气味闻起来也非常糟糕，像是有什么东西烧糊了或是腐烂了。橡树园疗养院唯一的好处就是我可以自己从家里走过来，这样的话，我就不用搭老妈的车了。看望完面包姥姥后，我自己走回了家。我记了一下时间，正好八分钟。

我打算每天都去看看面包姥姥，并且每天都给她讲一个新的笑话。

我感觉面包姥姥很害怕待在橡树园疗养中心，她给我的感觉就是这样。她看我时的眼神，和医院里那个喊叫“救救我”的男人一样。她的眼神让我想要逃跑，想躲到我的羽绒被下面去。即使是现在想起来，也让我觉得后怕。我最好还是换个事儿想吧，就像在我焦虑时，老妈总会跟我说：“比尔，想点儿别的吧，换个频道。”

然而，有时候我想转移注意力，可大脑却偏偏不听使唤，总是会不停地自动跑回到原来的频道，搞得我也不知道该如何是好。但不管怎么说，现在我要换个频道了。

周五的时候，我又接受了一次苏的言语治疗。我跟她说了说我的“展示和讲述”演讲，练习了一会儿“顺溜家族”说话法。然后，我们喝着冰沙，玩了一些游戏。她说她觉得我已经可以接受一些“更大的”挑战了。她还说在以后正式开展“战胜恐惧”训练之前，她想每周三和我来一次电话交谈。点头答应时，我就已经在想，我可以故意“没听到”她的来电。对我来说，打电话这种交流方式最可怕了。

治疗结束离开时，她给了我一张DVD纪录片，还说它能“鼓舞人心”。喝完下午茶之后，我和老妈坐在一起看了下这个纪录片。片子讲的是一所口吃矫正学校，说有需要的人可以去那里待上两周。在整个过程中，口吃患者不能和认识的人交谈。他们做事时，都会在腰间扎上一条皮带。他们要去街上，去跟一百个陌生人说话，问他们各种各样的问题。比如："请问现在几点了？""能麻烦您告诉我博物馆怎么走吗？"等等。尽管他们知道答案，但还是得去询问陌生人。这种练习方式，光是看着就很吓人。奇怪的是，纪录片里竟然没人提到过那种恶心的草药茶。

片子里的每一个人都口吃，他们的口吃甚至比我的还严重！我从来没见过这么多人同时口吃，而且有些人口吃的特点比我的还要奇怪。有一个女人，每次她一说话，就好像猫在嚎叫。还有一个男的，他的结巴也很离谱，一张嘴就像是在大发雷霆。我很为他们感到难过，而且竟然开始喜欢起了我自己的唱歌式口吃。

在片子的最后，他们必须去市中心，站在一个箱子上面，朝过往的行人大声说话。他们都这样做了，而且根本就没有以前那么结巴。那个看起来总在大发雷霆的人，甚至还讲了一个笑话！这一次，他没有结巴，真是太神奇了！片尾字幕出来时，我转过身去看老妈，发现她早已泣不成声了。她浑身发抖，发出了像小仓鼠一样的叫声。然后，我再看向老爸——他居然也哭了！

老爸从来没哭过，老妈总是笑话他是石头心肠。因为，在他俩结婚时，老爸没哭；在我和克洛伊出生时，老爸也没哭。老爸说这些都是开心的事，为什么要哭呢？在我看来，他说得很有道理。

所以，我知道，老爸看了纪录片之后并不开心。但为什么他看起来那么难过呢？我不太理解。

“老爸，他们做得非常好呀，你们俩咋都哭了？”我开口问道。

“是的，比利，他们做得很棒，我和你老妈的反应有些过了。抱歉，儿子。”他一边说着话，一边又揉了揉眼睛。

“看到人们克服恐惧，真是令人感到惊喜。他们是多么坚强啊，这很美好，不是吗？”老妈紧紧地抱住了我，抱了很久很久。

我没法儿回答，因为老妈抱得太紧了，但我知道她是什么意思。我也想让老爸老妈对我有这种感觉，我也想成为纪录片里的人，我也想堂堂正正地说话，不欺瞒，不低语，不使用纸板，也不用打拍子。

我在老妈的臂弯里点了点头，眼睛也开始有些酸涩，有点儿想哭。就在这时，老妈用袖子擦了擦脸，又用手捧着我的脸。我的脸颊碰到了老妈的手，感觉她的手又湿又软。“你真是个了不起的小家伙，现在该睡觉啦。”

躺在床上，我久久不能入睡，脑子里一直想着那个纪录片。也许，这就是我接下来该做的事儿，这可以成为我计划的一部分。在“摆脱口吃的方法”清单上，这可以列在第一项。当我写好新的清单时，我意识到，没有别的东西可以添加了。其他的所有方法，我都已经尝试过了，但都以失败告终。就是这个了，这是我最后的机会！仰望着窗外的夜空，我心潮澎湃。

“难道，这就是我一直在等待的神奇疗法吗？”我脊背一颤，把那张新的清单，钉在了软木板的正中央：

1. 参加口吃矫正课程。

我悄悄溜到了楼下，我的动作很轻很慢，每迈一步，我都能听到自己的心跳声。我屏住呼吸，从客厅的抽屉里取出了平板电脑。老妈总是会把它放在这儿保管。合上抽屉时，抽屉吱吱作响……我顿时一怔，老爸老妈肯定听到了！我的心怦怦怦地狂跳不止……我静静地站在那儿，仔细听着老爸老妈房间里的动静……一片安静，什么也没有发生。楼梯爬到一半时，我一步跨过两个台阶，疯狂地冲了上去，成功地把平板电脑拿回了房间。还好，老爸老妈并没有听见。一点儿时间也没耽搁，我马上就搜索到了口吃矫正学校的网站。

一个月后，口吃矫正学校新一期的课程就要开始了！就是它啦！这事儿就要发生了，我马上就要站在街头的箱子上大声讲笑话啦！就像面包姥姥希望的那样，就像我当初承诺她的那样。我一边编辑电子邮件，一边想象着没有口吃的生活，只觉得有些头晕目眩。

尊敬的口吃矫正学校：

我叫比利·普林普顿，我有口吃，而且我的口吃非常严重。我今年十一岁（但再过二十六天，我就十二岁了！）。刚刚看了你们的DVD纪录片，我非常非常想参加你们下一期的课程。

请告诉我你们的地址和收费情况，我会带上学费来参加学习。

我已经迫不及待了！

您真诚的

比利·普林普顿

这天晚上，我做了个梦。我梦到自己站在学校的舞台上，站在天鹅绒幕布前，对着台下的观众讲笑话，而且一次也没有结巴。

第十四章

咚咚和嗒嗒兄弟俩的老爸做什么工作？鼓手……

现在，我每天都会去“奥修先生音乐休息室”。在每天必做的事项里，我尽量减少曝光的可能。和斯凯拉一起吃完午饭后，我就会冲向剧场，想尽一切办法避开布莱克莫的“雷达”。只要剧场没人，我就会溜进去，径直走上舞台。头一回走到舞台中央时，我竟然一点儿也不紧张。我就那么直接跑了进去，沿着台阶登上了舞台。其实，站在舞台中央，我并不清楚自己该做什么。但转身看向一排排空荡荡的座位时，我感觉好极了。我深深吸了一口气，低声说：“女士们，先生们，晚上好！”想象着大家都朝我微笑，我接着提高了嗓门，继续说：“我叫比比比利·普林普顿，说比比比，因为总想跟谁比一比。”顿时，在我的想象中响起了一些笑声，然后这笑声越来越响亮。“有一个关于鱼鱼鱼的笑话，说鱼鱼鱼每天都洗澡，结果……它们比谁都腥腥腥。”

我还想象了人们听了我的笑话会怎么笑——奥修先生笑得直拍大腿；斯凯拉笑得喘不过气；面包姥姥闭着眼，笑得前俯后仰……他们要是能在这儿看我表演，那可真是太好了。我还没有邀请斯凯拉来看我表演，每回午饭时我都想邀请她，但都没敢开口。即使眼下一个观众也没有，但能站在舞台中央，我还是为自己感到很骄傲。有趣的是，尽管有些事情一开始想起来很可怕，但后来往往一瞬间会有大反转。就像有时候我一关灯，卧室里就会出现一个怪物，一个佝偻着腰身死死盯着我的怪物。但开灯一看，哪里是什么怪物？分明就是我那件挂着的睡袍。现在，这舞台就像是我那件温暖舒适的睡袍。看待它的角度不同，它在我眼中的样子也就大不相同。

昨天吃完午饭，我忘了事先确认就冲进了剧场。结果舞台上面满是高年级生，他们正在忙着排练芭蕾舞。当时我猛地推开门，沿着过道闷头就朝里面跑，跑了一半才搞清楚状况。舞台上的人全都停下来盯着我看，一个长着鹰钩鼻子的干瘦老师冲我问道：“有事儿吗？”

我吓了一跳，连忙高举双手，扭头就跑。在我身后，传来一阵哄笑……紧跟着，还听到了那个干瘦老师出声要他们安静。我跑出了剧场，朝着音乐休息室跑去。每天我都这样，在剧场跟假想观众们讲完笑话之后，我都会直奔那里。

在音乐休息室，我学会了不少新桌游，也听了不少埃拉·菲茨杰拉德、路易斯·阿姆斯特朗和阿特·布莱克的音乐。这些爵士乐高手的音乐都很不错，但迈尔斯·戴维斯始终是我的最爱。爵士乐里的鼓点真是疯狂，快极了。

听到我说我经常练习爵士乐鼓点时，奥修先生朝着休息室里的那几位常客说道："喂，这局游戏你们谁来替我一下。比利，小伙子，你跟我出来。"然后示意我跟他走。当我们沿着走廊往外走的时候，他说："每年十月，我们都会把音乐休息室布置成一个音乐排练室。我原本打算等到那个时候再让你试试，但今天既然你提到了练鼓点，不如咱们现在就开始吧。比利·普林普顿，我不想再看你敲铅笔了，是时候该敲鼓了。"

"老师，我们这是要去哪儿？"

"六号教学楼，学校的音乐工作室。"

"我能进去练吗？"

"我带你进去就能。但小伙子，你得让那些吓人的高中生给你让个位置，怎么样？"

"这可不行！"我笑着说，"老师，您可能不知道，我压根儿没打过真正的鼓啊！"

"就是因为没打过，所以才要去啊！我看过你打拍子，你得把那股子劲儿给释放出来！总是憋着的话，你可能会爆炸的！"

"我老妈也这么说。"

"啊？你老妈也说你要爆炸？！"

“她说……我的脑脑脑袋里东西塞得太多，她担心我会崩溃。”

“小伙子，脑袋里面的事儿确实麻烦。”

“我的言语治疗师说说说脑子里塞得太满，我就会结巴。也有些人，他们脑子里太满时会压力巨大，会失眠，或者会胃疼。而我，会结巴。”

“呃……确实，所以更有理由要释放，释放到鼓上，对不？”

“老师，要是您的脑子里塞了太多东西，您会怎么办？”

“呃……问得好。我呢，会咬手指甲。记得当年……那会儿我比你稍微大一点儿，就是因为想得太多，我竟然开始掉头发……”当我们走到六号楼顶楼时，奥修先生回忆道。

“真的吗？那有没有秃顶啊？”我问。

“没呢，当时只是小面积地脱发，到后来就慢慢恢复了。但你可以想象，初中就开始脱发，可不是什么好事儿。当时我已经有点儿不合群了，结果脱发让事情变得更糟。”

“老师，都已经过去了，没什么大不了的。”我回应道。当个秃头还是做个结巴，我心里还真不知道该选哪个。

到达音乐工作室时，架子鼓正好空着没人打。奥修先生拍了拍手说道：“你看，正好没人跟你抢鼓打。好吧，比利，露两手给我瞧瞧。”

用真正的鼓槌打鼓可比拿铅笔敲打要难多了，而且我一直敲的都是些简单的节奏。所以，我在膝盖上敲的节奏一搬到鼓上就全都出了状况。

“想着容易，做起来难吧？”奥修先生开口说道。

“难太多了！”我一边搓手一边应声。

“但你比压根儿没练过的强太多了，节奏感不错。你别着急，慢慢练到心手合一。我打个最简单的四四拍鼓点你看看，这个节奏大多数曲子都用得上。”说着，他拿起鼓槌，在鼓前面坐了下来，慢慢地把手脚分解动作演示给我看。

“好，现在你再来试试看。记着你得慢慢来，敲的时候别太着急，你得保持一个可以持久的速度。”

我用右手慢慢打出了个四拍的节奏，然后左手在每三拍的时候加入进来。在两手能够稳定配合之后，脚也加入进来，踩击鼓踏……你还别说，听起来还真像那么回事儿！

“继续！”奥修先生说着拿起了一把低音吉他，配合着我的鼓点拨起了弦。我顿时就觉得有点儿头晕，好像随时都会忍不住笑起来，不由得想敲得快一点儿。之后，我手上的节奏就乱了起来。但奥修先生并没关注这最后的结果，他在意的是我之前的表现。“就是这样！你做到了！感觉好吗？”

“太棒了！”我说，然后就又开始练习，但很快节奏又乱了。

“没关系，现在你体会到打鼓的感觉了。你没事儿就继续拿铅笔练，脚也一起练。要不了多久，你就可以在咱们的音乐休息室里上鼓实战了。”

"老师，谢谢您。"

"比利，看你能打鼓，老师非常开心。"

返回到音乐休息室时，奥修先生说："我知道你可能不大喜欢把心里所想写下来，但你有什么想法随时都可以来找我聊，好不好？"

"好的，老师。对不起，老师，您是想要要要回那个本子吗？"

"不不不。说不准哪天你会想在上面写些东西，想把脑子里的所想都写在纸上呢。"

"老师，我在家确实会写不少东西。"

"比如……"

"我会写些清单什么的，都比较傻，比如惹我妹妹生气的事儿啊，一些笑话啊。有有有时候，我也会写写我的口吃。"

"写口吃？"

"老师，我就是写些摆脱它的方法，还有怎么不引人注意，诸如此类的东西。"

"你觉得口吃是唯一妨碍你的事儿吗？"

"是是是的，老师，我得得得把它赶走。"我一边说着，一边想起了我的言语矫正课。

"好吧，比利，你这么乐观积极，我很高兴。但你知道，即使你不能彻底摆脱口吃，这也只不过是你生活中很小的一部分罢了。你还有很多事可以做。你把那个本子给我一下。”我把笔记本递给了奥修先生，不知道他要干什么。

“呃，比利，你喜欢写清单对吧？”他问道。我点了点头。

“如果有人让我写一份关于你的清单，我会这么写。”他停下脚步，从口袋里掏出一支笔，把笔记本放在膝盖上，开始写道：

我所了解的

比利·普林普顿

1. 他人很有趣，非常非常有趣。

2. 他鼓打得也不差。

3. 他是个好学生。

4. 他每天都来音乐休息室。

5. 他爱他的外婆。

6. 他跟我玩非洲棋，是我的手下败将。

然后，他在纸上留下了大面积的空白，在最下面加了一句：“哦，对了，他口吃。”

写完，他把笔记本递还给了我。我瞄了一眼，笑了。就这样，我们一直走着，本子被我紧紧地攥着。

“也许，你可以试着用别人看待你的方式来看待自己，而不是老想着彻底摆脱口吃？”

“老师，不是每个人都像你这么友好。”我边说边想象如果这本子落到布莱克莫手里，他会对我做什么。

当我们回到音乐休息室时，男孩们正在玩着“闪灵快手”桌游。我已经学会了很多新游戏，一看就知道了。

我最喜欢的是益智方块、“禁闭岛”，还有就是上周奥修先生教我们打的桥牌！一开始，我很不擅长“诈唬”。诈唬就是当你拿到差牌时假装你有好牌，反之亦然。只要我拿到两个A，我就往往忍不住挥舞拳头，高兴地扭屁股，惹得亚历克斯、马修、乔希和奥修先生大笑不止。我们打牌用乐高积木做彩头。奥修先生说，用“聪明豆”糖果更好，赢了还有的吃，但我们没有“聪明豆”。一片红色的乐高积木算一分，蓝色的算两分，白色的算五分。帮我们定下了规则之后，他帮我们重新做记录，然后我们就接着玩。在休息室里，奥修先生还用他的小唱机播放音乐。那个小唱机特别酷，放在一个带柄的手提箱里。唱机里播放的，都是奥修先生收藏的黑胶唱片。

下雨天时，有些高中女生会来音乐休息室。还有些七年级的学生偶尔也会来，但他们都只喜欢往懒人沙发上躺。只有马修、乔希和亚历克斯和我每天都来，我们是音乐休息室的“常客”，奥修先生就是这么称呼我们的。不管常客们在玩什么，我晃悠过去加入，他们都不会介意。

“嘿，比利。”

“今天你们玩玩玩什么呢？”

“陷城危机！”马修一边说，一边摆好棋子。

“今天我得早点儿走，”我一边摆棋，一边随意说道，“我一会儿要要要去看牙齿。”

“我最讨厌牙医了，”乔希皱着眉头说，“他们总把一些可怕的东西往我嘴巴里面塞。”

“乔希，真是奇怪啊，你会乖乖地坐着让他们塞？估计你看牙齿也不会消停！”马修哈哈大笑，张着大嘴，装出一副东倒西歪的模样。

“哼，我敢说，你这么大块头，牙医的椅子根本装不下你。”乔希反击道。马修的身高已经有一米八了，而我只有一米五，所以你可以想象我俩站在一起看起来有多滑稽。他一伸手，就能拦腰把我举起来。他说他想把我当作哑铃来锻炼他的肱二头肌。他身体有点儿状况，这状况的名字很有趣，叫什么综合征。这就是他长这么高的原因。因为这个综合征，他长大以后骨质可能会有些麻烦。这是有一回游戏结束收拾棋子时，他跟我说的。我觉得他应该去当篮球运动员，因为他现在差不多都能扣篮了。有一次上体育课，他还秀给我看过。

“那英语课你不上了？”亚历克斯问。

“对，班课结束后我就得先撤了。”我说，“我预约了两‘眼’半看‘霞’，听明白没？我‘霞’疼，两‘眼’半要去看‘霞’！”听我说完，他们都跟着假装捂着腮帮子叫唤。乔希还笑着朝我扔了颗棋子，被我一把抓在了手里，假装大口大口地咀嚼了起来。

乔希的个头儿也很小，差不多跟我一般高。他一头黑发，眼珠湛蓝，看起来有点儿像狼的眼睛。他这家伙总是安静不下来，每次玩桌游等着走棋的间隙，他一准会忙活着折些纸片或是摆弄他口袋里的那个小魔方。他总爱扭来扭去，因为他有多动症，这就意味着他没法儿安静地待着。为此他也吃了药，但还是会动来动去。在自习课上，我总拿铅笔敲腿，而他则喜欢扭来扭去。按照亚历克斯的说法，我俩似乎都能幻想出自己的音乐，并沉浸其中不能自拔。

在亚历克斯就他的助听器发表演讲之后，我一直担心他能不能读懂我的话。我原本不打算跟他说话，但当我们开始在音乐休息室玩桌游之后，我觉得最好还是跟他确认一下。我鼓起勇气问了他，是否能理解我在说什么，他说他确实能读懂我的唇语，但他闹不明白我为什么那样说话。

他说："你说不清，我听不清，咱俩八两配半斤！"听他这么一说，我感觉很好。我知道他没撒谎，因为每回我讲笑话他都会乐。实际上，他一直在笑。他笑着说："比利，你知不知道，当你专注做你自己、瞎胡闹的时候，你是个很有趣的家伙，比那个讲笑话的你还有趣！"

我有趣吗？我甚至都不知道自己做了什么，但听他这么一说我感觉很不错。奥修先生打趣地表示，我们几个混在一起，还真是"一群活宝"。不管怎么说，这样挺好！亚历克斯说的话唤醒了我身上的喜剧细胞，也让我想起了我和面包姥姥在电视上看到的喜剧表演。也许，在听到大家这些话之

第十五章

世界上什么车最长？

堵车……

比赛接近尾声，我穿过泥泞的田野，奔向遥遥在望的学校。我脸颊胀痛，胸腔灼热，浑身上下仿佛都在尖叫着要我赶紧停下。在埃尔西的身后，我跑了个全班倒数第三，只比斯凯拉稍微快上一点儿。远远地，我能看见亚历克斯跑在前面。至于其他同学，他们比我们几个快太多了。所以，我别无选择，只能咬牙坚持……我讨厌长跑越野赛！

比赛结束后，每个参赛者都会有个高二的学长陪护。他们会告诉我们各自的比赛用时，然后还会带我们去饮水处补充水分。他们这是在完成一个名叫“运动导生”的体育课程项目，负责带我们做些热身运动，外加完成一些问卷调查。我的导生名叫艾莉，个子几乎跟马修一样高！

艾莉长着一头红色的卷发，脸上有不少雀斑。我尽量不去看她的脸，而是总盯着她的运动鞋看。即使是这样，我也觉得耳根发烫。

后，我不应该只是讲些笑话。也许，我应该找
我的方式。有些喜剧演员讲故事，也有些用肢
剧。我得想出能让我与众不同的点子……

放学后，我在去橡树园看望面包姥姥时，
一件趣事，说克洛伊又在骑她的假想小马。
间里蹦来跳去，但她竟然听得打起了盹儿。
表演喜剧好像不怎么管用。当她醒来以后，
了我周日比赛中最糟糕的时刻。我站在房间的
慢动作边解说——球击中了我的脑袋——球反
横梁——球反弹回来再次砸中了我——球滚入
了对手本场比赛的第十八个进球……她笑着说
下去！”。她说她的，可我却一直在想讲故事
我。她确实笑了，但好像没有听我讲笑话时笑

一回到家，我就把奥修先生写的那个清
软木板上。但我把它藏在了其他清单的后面
因，看着它有点儿尴尬。或许，我还有点儿不
的……但把它钉在那儿感觉确实不错。虽然看
道它就在那儿。这阵子，我一直盼着口吃矫正
到了圣诞节，我的口吃就会消失……对此，我
信。等我好了，我就什么都能干啦！

沿着走廊往前走时，我听到了一阵熟悉的声响。

咚嗒，咚咚嗒，咚嗒，咚咚嗒，咚嗒，咚咚嗒……

这是一个四四拍的进行曲鼓点。我们沿着走廊一直往前走，经过那些科学实验室和时装设计室……一路上，我都避免跟艾莉说话。跟高年级学长说话绝对是自找苦吃，尤其是和完全不认识的学姐说话。现在，要我跟斯凯拉、亚历克斯、乔希、马修和奥修先生聊天已经没有问题，我甚至还在数学课上低声回答了一些提问，但和艾莉走在一起却让我的神经高度紧张。我又耍起了教室里的那些小花招，假装腼腆。这并不难，我肯定自己这会儿看起来脸红脖子粗，可艾莉还是问了我不少问题。

“刚才的越野赛你喜欢吗？”“咱们学校还挺大的，是不是？”“你喜欢科学课吗？”……

她说起话来像个大人，尽管严格意义上来说她也还是个孩子。我想抬头看看她，但我还是一直盯着她的脚尖。对于她的提问，我频频点头回应，还试着挤出一些微笑。但现在我听见了鼓点……一听见鼓点，我就想开口说话！

我感觉心脏都跳到嗓子眼儿了，耳朵里净是砰砰砰砰的声响。我深吸了一口气，只觉得口干舌燥。我把手放在肚子上，就像苏教我的那样，我张开嘴巴……不行！我做不到！但鼓声还在继续。

咚嗒，咚咚嗒，咚嗒，咚咚嗒……无论我怎么装作听不见都没用。咚嗒，咚咚嗒，咚嗒，咚咚嗒……

那鼓声听起来越来越响亮……然后……“有人在打鼓吗？”我开口说道。我说话了！我真的开口说话了！我甚至一点儿也没有结巴。

我觉得当艾莉笑着回答我时，我一定得表现得好像很是惊讶，就像她预期的那样。“是的，我想他们可能在重新布置音乐休息室。”

“音乐休息室，我我我一直去的！”我故作兴奋地说道。

“那我们过去看看？”她问道。

说过这几句话之后，我跟艾莉的聊天开始变得容易起来。循着鼓声，我们慢慢前行。一路上，我回答了她问卷上的不少问题。她是一个“等候者”，很有耐心。我们上楼时，我甚至还跟她讲了个笑话。

“我不喜欢爬爬爬楼梯，”我假装气呼呼地说道，“上上，下下，上下上下，爬起来总是很‘卡’。”

“你可真逗！”她笑着说，似乎压根儿没注意到我的口吃。

音乐休息室有一半被设置成了工作室，看起来棒极了，有几个孩子正在里面演奏。那歌曲听上去是他们自己写的，内容大概是在说打破规则，但歌词听不太明白。鼓手一次又一次地敲打着同一个节奏，但有时候鼓点敲得有点儿问题。我非常想加入他们，想坐在真正的架子鼓前面，打鼓给艾莉听，我相信那鼓点我打得肯定比那个孩子好。可艾莉却说我们得走了，在越野赛组委会派出“搜索队”找她之前，她得回去交差了。

我们转身离开时，艾莉说：“他们排练应该是为了参加才艺表演。”

“才才才艺表演？”

“这可是学校里的大事件！每年十二月，才艺表演都会在学校剧场举办。去年镇上的报纸都报道了呢！”

预备铃声响起时，她在更衣室门口跟我挥手告别，还大声说道：“说不定回头有空我会去听你打鼓，学校很快就会组织才艺表演公开彩排，我会去看的！”

在回教室的路上，我想象着我在舞台上，而艾莉则出现在观众席里的情景……但我不是在打鼓，而是在讲笑话。我不知道这个场景为什么会突然从脑子里冒出来，但这个念头让我有点儿飘，所以我尝试着想点儿别的。可不管我怎么想七想八，那个念头还是会不断地重新出现。如果我上了口吃矫正学校，口吃消失了，也许我就能站在舞台上面对真正的观众，而不必总是白日做梦。

放学后，在去橡树园疗养院的路上，我想起了跟面包姥姥拉过的钩——我要为她表演一场喜剧。想象一下，如果我特地为她表演，而且边上还有其他三百多号人一起观看，她该有多骄傲自豪啊！中风之后，她最需要的就是要振作起来。为了面包姥姥，我得参加这个才艺秀，我觉得……世界上任何其他的事都没这个重要。

我走进房间，看见面包姥姥坐在碎花沙发上，正看着综艺节目《倒计时》。在她身边，还有一位看起来比她岁数还大的女士。那女士化了一脸的妆，头上还戴着一顶花哨的帽子。她看上去不像是在朋友身边看什么综艺节目，反而像是准备去参加什么聚会。她看起来很老，样子怪怪的，有点儿吓人，像个身着盛装的幽灵骷髅。沙发边上摆着个金属助行架，桌子上有一满盘子饼干。“比利，来，跟吉本斯太太打个招呼吧，”面包姥姥说，“她是我的新邻居。”吉本斯太太抬起头，伸出一只皮包骨的手，试图从沙发里站起身来。

“比利，亲爱的，过来搭把手吧。她坐下去还好，站起来比较费劲儿。”我只好走过去伸出了胳膊……吉本斯太太那只瘦弱不堪、皱巴巴的手抓住了我……当她碰到我的时候，我尽量不让自己发抖。最后，她设法站起了身，扶住了助行架，颤巍巍地朝门口挪去。快到门口时，她忽然停下脚步说道：“我的扭仔！”她的声音颤抖沙哑，听起来让人过耳难忘，跟她的皮肤一样沧桑。面包姥姥从饼干盘边上拿起一张像是狗狗的照片，把它放在了吉本斯太太的手里。

“亲爱的，别担心。扭仔在这儿呢，它来了。”

“哦，扭仔，我的小宝贝儿。”吉本斯太太说着紧紧抓住了那张照片，然后继续缓慢地向门口走去。

等她走远了，面包姥姥轻声跟我说：“苦命的女人哟，她在这个世界上一个亲人也没有。”

我朝走廊外面瞄了一眼，看到吉本斯太太那弱不禁风的背影慢慢走远，消失在了隔壁。看着看着，我没来由地打了个寒战……吉本斯太太吓到我了。

第十六章

哪儿的坏蛋最盼望别人叫他滚？
监狱里的。

口吃矫正学校一直没有回信，老妈问我为什么老是在查看电子邮件，我只好跟她撒谎说我参加了个比赛。我也不知道为什么会这么说，但我就是不想让她知道，还没到时候，我想……给她一个惊喜。

最近，我已经开始在镜子前面练习我的笑话组合了（喜剧演员们通常都会列个清单，把要表演的多个笑话组合在一起），而且几乎每天晚上我都会梦到在舞台上讲笑话。有时候，在梦里出了岔子，我会把自己哭醒，浑身是汗，不得不去找老爸老妈寻求安慰。但梦得好、讲得顺利的话，我就特别开心。

现在，学校剧场外面贴满了海报……

班纳谷！

有天赋！

只要你有才华！

无论你是能歌还是善舞

无论你擅长音乐

喜欢表演或者魔术

我们就需要你！

十二月十七日周四晚上七点半，

欢迎来校办登记报名参加。

聚光灯下，我们不见不散！

数学课开始前，我跑去校办瞄了一眼那张报名表，上面已经有四个名字了。我暗自祈祷，希望上了口吃矫正学校之后还能报上名。就在我准备转身离开时，脑袋里忽然传来一声低语："报名吧！"听到这声音，我忍不住苦笑——在我彻底治好口吃之前，我不能报名，不是吗？然后我又想到口吃矫正学校的课程两周后就开始了，只要我认真学，然后一切就都会好起来……再说了，所有的笑话我都准备好了，能出什么岔子？

在我犹豫着要不要打退堂鼓的当儿，一阵莫名的冲动忽然涌上了心头。我抓起笔，飞快地把自己的名字写在了报名表上……坐在办公桌后面的女士脸上有颗痣，正在吃着饼干。看着我填好报名表，她笑了。

抹了抹嘴角的饼干屑，她说道："小伙子，你真勇敢！"作为回应，我咧嘴一笑。在那一刻，我觉得自己完全不一样了，好像什么事都难不倒我。

在后面的数学考试中，除了一开始听到老师的噤声指令时有些紧张之外，我全程都很放松。这次考试将决定以后上课的分组情况。我不喜欢噤声指令，但有些女孩非常紧张，叽叽喳喳说个不停，说这次考试意义重大，说它会“改变我们的人生道路”。我觉得这话说得有点儿过了，不就是一次数学考试吗？

我很喜欢考试，但这事儿我绝不会跟任何人说。因为我喜欢安静，喜欢所有人的笔尖在纸上划过的声音。大家做的事情都一样，简简单单，清清爽爽。

老妈说我这个人爱憎分明，说我喜欢一切都清晰明了。好就是好，坏就是坏；对就是对，错就是错。对于她这个评价，我很赞同。这就是为什么我喜欢清单和计划，面对未知也总会有所准备。这也是我数学很好的原因。对于数学来说，是对是错，答案只有一个，不需要考虑其他。

卷子我很快就做好了，甚至还检查了两遍，但还是剩下不少时间。卷子做完，我们可以看自己的书，但我没看，我看的是布莱克莫。他看起来情绪非常低落，因为他数学不太好。我喜欢在他不知道的情况下观察他，观察真实的他。我不想看他肆无忌惮地大笑或者跟人动手动脚，不想把他当作恶霸看待，而是把他当作一个同龄的孩子。上个周末，我在城郊的一家大超市里看到了他和他妈妈。当时他们正在挑选燕麦片，我躲在猫粮区过道那儿偷偷观察他。他妈妈叫他拿些早餐燕麦片，而他从货架上取燕麦片的时候，胳膊肘把一包燕麦片蹭到了地上。

“怎么什么事儿你都能搞砸？”他妈妈不耐烦地抱怨道，一把从他手里夺过燕麦片，推着购物车沿着过道走开了。他顿了顿，看了看地上的燕麦片，犹豫着是否应该把它捡起来。

“威廉！”他妈妈扭头大喊了一声。听到喊声，他一脚踢开了地上的燕麦片，晃晃悠悠地朝着他妈妈走去。

我正盯着那包燕麦片看，忽然老妈走了过来，大声问道：“你怎么在看猫粮？我们又没有养猫！比利·普林普顿，你还真是个奇怪的家伙啊！”我不得不飞快地蹲下身子，好像我的脚脖子忽然发痒，需要挠一挠。所以，布莱克莫没能看见我。在自己的老妈面前出糗，这事儿我可不能让他撞见。否则，这家伙肯定会拿它大做文章。当一切恢复正常之后，我又偷偷瞄了他一眼。他妈妈在挑选酸奶，而他则耷拉着脑袋看着地板……那天，他看起来跟其他孩子没什么区别。

今天，我坐着观察了他很久。他坐在那儿，双手抱头，比平时安静多了。在我观察他的整个过程中，他一个字也没写。他数学很糟，成绩总是垫底。他抓耳挠腮，脸涨得通红。我试着想象他在家吃燕麦片的情形……他妈妈冲他大喊大叫，他哥哥把他推来搡去……想着想着，我觉得布莱克莫过得可能也没那么开心。如果可以选择，是做个没有口吃的布莱克莫，还是做个口吃的自己呢？

午饭的时候，我正和斯凯拉一起吃着薯片，忽然有了一个主意。“待待会儿你想去剧场看看吗？”我故作轻松地说道。

“看什么？悄没声儿地傻坐在那儿，盯着个空荡荡的舞台看？”

“不是，”我顿了一下，然后进入了正题，“看我说笑话……在舞台上说。”

她没吭声，只是把最后一片薯片塞进嘴里，抓起托盘。她嘴里塞满了食物，看着我说：“走吧！你这个有趣的家伙！”

被人盯着看，而不是对着一排排的空椅子说话，这感觉还真是奇怪。我的脸红了，手也不知道怎么放才好，但讲了几个笑话之后，我逐渐放松下来。

斯凯拉坐在观众席中间，不管我说什么都会乐，当听我说起对老师们的印象时，她的笑声特别响。这些评论并不是我既定的表演内容，而是讲完所有的笑话之后即兴发挥的。比如，聊到化学课老师卡彭特夫人，我说她总是心不在焉的，记不住大伙儿的名字，还喜欢用刺耳的颤音讲解元素周期表。我还模仿了数学教研组长兰德尔先生，学着他的样子来来回回踱步。我拍着巴掌，假装自己是一只调皮的小狗，兴奋地叫道：“同学们，来来来，把球扔过来，我会接住的！来来来！抛过来，嗷嗷嗷！”接着，我假装扑向一个并不存在的小球……在舞台中央，我停了下来，假装挠痒痒，但就是够不到背上想挠的地方。看到我的这些举动，斯凯拉笑得前俯后仰。

她让我重复表演我评价老师的那个部分，一遍又一遍地重复，直到我俩都笑得眼泪直流。就在这时，那个身材干瘦的男芭蕾舞老师走进了剧场。“你们这是在干吗？”看到他一脸严肃，我们笑得更厉害了。后来，我俩好不容易憋着笑意咕哝道：“抱歉。”说完，我俩抓起背包，一边抹眼泪一边朝剧场外面的走廊跑去。

“笑死我了，我完全停不下来！”斯凯拉揉着眼睛说。

我看着她，正想告诉她我要报名参加才艺表演的事，可就在这时，那个芭蕾舞老师重重地踱着步走到了剧场门口，狠狠地盯着我们，活像只愤怒的小鸟。我俩连忙齐齐低下头来，看向地板，使劲儿憋着不让自己笑出声来。才艺表演……还是留给大家一个惊喜吧，我暗暗想。

下午课间休息时，布莱克莫从体育馆里弄来了一根跳绳，把我捆在了篮球架上，还说不向他求饶就不给我松绑。

“普林普顿，你得跟我说‘求求求你了，行行好放了我吧’！”

“求求求求求……”

天上下起了细雨，看我憋了半天也说不出，布莱克莫不耐烦地走开了。临走时，他还把一个篮球踢得不见了踪影。而我就那样被牢牢地捆在篮球架上，动弹不得。

斯凯拉找到了被绑住的我，试图帮我，但她解不开绳子。绳子本来就被系得很紧，被雨水打湿之后，绳结绷得更紧了。斯凯拉非常生气，说要杀了绑我的那个混蛋。食品技术课老师佩特夫人路过，见状也跑过来帮忙，但她也拿这个绳结毫无办法。于是，在淅沥的小雨中，我不得不继续被绑在那儿。看到这一幕的孩子们都笑了。一大群九年级学生围了上来，有些家伙甚至还掏出手机拍照。我使劲儿地忍住眼泪，只觉得喉咙发紧，一滴眼泪还是意外地逃出了眼眶。我无法阻止，只能眼睁睁地看着它从脸颊上滑落，没办法去擦。

最后，马修、乔希和亚历克斯从美术用品柜里找来了一把大剪刀，总算是把我给解救了出来。佩特夫人让布莱克莫去向奥修先生交代情况，而马修、亚历克斯、乔希、斯凯拉和我也都得一起去。

布莱克莫轻描淡写地说了句“我们只是在闹着玩”。因为不想跟他撕破脸，我也只是点了点头。这种情形下，我要是不这么做，事情只会变得更糟。我知道其他几人也不会照实说，他们也很怕他。但我知道，斯凯拉肯定想说点儿什么。当她朝我看来时，我微微摇了摇头，悄悄做了个“别说”的口型。于是，她也没吭声。

奥修先生看起来忧心忡忡，我为此感到难过，但毫无办法。除非我们跟他照实说，否则他也没办法。看到我脸上的表情，他心里肯定清楚我没说实话。

奥修先生让其他人先行离开办公室，把我和布莱克莫留了下来。独自面对布莱克莫，我有点儿头晕恶心。他们几个不在身边的时候，我才意识到有他们陪着感觉有多好。我忽然开始后悔，刚才要是让斯凯拉说出真相就好了。

“好了，小伙子们，”奥修先生开口说道，“现在，我知道你们俩不想原原本本地告诉我全部情况，这是你们的选择。但很明显，发生了一些事情，要是我不尝试为你们俩提供一些帮助的话，那就是我的失职。”

“我不需要任何帮助！”布莱克莫咆哮道。他毫不在乎自己怎么跟老师说话，这让我非常惊讶，他竟然还没有被学校开除。

“威廉，每个人，都会在某些事情上需要别人帮忙。”奥修先生微笑着说，“你可能不知道，在我以前工作的学校里，要是有两个学生相处得不那么融洽，那么通常他俩得组织一场校外见面活动，而地点……则是在其中一个人的家里。”

“什什什么？！”我慌了，眼前顿时浮现出自己被困在布莱克莫家里的场景——他妈妈朝我大喊大叫，他那人高马大的哥哥不停地推搡我。

“别担心，我们现在不会这么干。但你们知道吗，这么做真的很有效。它能让孩子们重新看待彼此，找到共同点。所以，也许我们可以做些类似的尝试。”

奥修先生这是在干吗？我最不想做的事情就是跟布莱克

莫待在一起，我甚至都不敢看他。如果奥修先生知道布莱克莫在厕所强迫我录像，知道他做过的所有那些可怕的事情，也许他不会这么做。

“奥修先生，有有有些事情……我得告告告诉你。”我急切地说道。然后我瞄了一眼布莱克莫，他抬起脑袋，好像对我要说的东西很感兴趣。我顿时就把到了嘴边的话咽了回去。

等了一会儿，奥修先生意识到我并不打算继续，便接着开口说道：“好吧，我有个主意。威廉，数学把你折磨得不轻吧？”

“没有的事。”

“呃，可你的考试成绩摆在那儿。比利，数学是你最擅长的科目，那么你们俩每周上午找个时间聚一次怎么样？比利，你可以给威廉做单独辅导。”

“不可能！”我和布莱克莫异口同声道。

“好吧，这样的话，我就只能邀请你们俩的家长来趟学校了，跟他们聊聊是否有其他办法解决问题。”

我是真的不想让老妈来学校，她的唠叨会让我崩溃。而我也看得出来布莱克莫也不想让他妈妈来学校，所以我说：“好吧，要是他愿愿愿意，我也愿愿愿意。”

“好吧，”布莱克莫没好气地回了句，“但别以为我会跟他做朋友。”

“那就先这么说定了，让我们试试看效果如何。”奥修先生说，“周三上午怎么样？”

我俩沿着走廊往回走，布莱克莫就走在我身边，头一回没对我做任何出格的事。经过剧场时，我注意到在才艺秀海报边上贴着些内容不同的小海报。我停下了脚步，而布莱克莫则继续朝前走。

“比比比利，咱们周三见，”他头也不回地说道，“我都等不及了！”

我愣了愣，心想要是让他再多考几次数学就好了。那样他才不会这么嚣张。至少奥修先生到时候也会在场，他会保护我。我一边这样想着，一边抬头看向一张新贴出来的小海报。

还在犹豫是否要参加才艺秀？

想不想加入乐队？

想不想排练你的表演？

想不想小范围试演？

音乐休息室将举行公开彩排

周三（十一月二日）12：30—13：30

欢迎报名参演或到场观看

“比利，你想去吗？之前我看你一直盯着架子鼓！”亚历克斯出现在了我的身后。

“是的，我真想再打一次鼓。”

我记得艾莉说她会去看彩排，这让我更想去试试了。我暂时还不会去排练喜剧脱口秀，时候还没到，我得先上好口吃矫正课，但我可以给她打鼓看。自从上次奥修先生带我打过真鼓之后，我就一直在疯狂地练习。

“要去也行，但我觉得咱们得组个乐队。”我问亚历克斯，“你会玩什么乐器吗？”

话一出口，我就意识到自己有点儿犯傻了，因为亚历克斯的听力不太行。我正要道歉，他看到我脸上尴尬的表情，笑了起来。

“虽然听起来很疯狂，但我老妈让我学了七年钢琴。我也不知道为什么，我甚至听不到我弹的是什么！可她却说‘懂点儿音乐是所有人都应该具备的技能’。”

“哇，你妈妈太棒了！”我感慨道。

“确实。我有几个哥哥弟弟，老妈对我们一视同仁。他们上钢琴课，所以我也得上。我虽然听不大清楚，但也没什么不一样。我觉得吧，只是学习方式有点儿区别罢了。”接着，他又模仿他妈妈说道，“与众不同很好，亚历克斯，让你的与众不同成为你的强项吧！”

亚历克斯扯着嗓门，甩着头发，活灵活现地模仿他妈妈说话，把我笑得不行。放学铃声响起，走廊里很快就挤满了学生，可我还是笑个不停……再后来，我从宣传栏上扯下了那张小海报，塞进了口袋。

放学后，我就朝橡树园跑去，在门口差点儿撞到了吉本斯太太。她正慢慢地走出面包姥姥的房间，手里还攥着她的狗狗照片。我飞快地道了声歉，尽量不去看她，因为她真的很像一个活着的木乃伊。我绕过她，看到面包姥姥坐在老地方看《倒计时》。

“比利，节目里的那些拼读字母我都看不清了，真不知道我为什么还在看这些傻乎乎的东西。亲爱的，把电视关掉，来跟我说说你今天过得怎样吧。”

“呃，我有个重大的新闻要跟你说。”我兴奋不已地说道。

“那赶快说来听听吧，应该很有意思。”

“可不是嘛！面包姥姥，我报了名，我要参加学校里的才艺秀啦！我要在舞台上讲我的笑话，你不是一直希望我这么做吗？还记得咱俩拉的钩吗？你看，我说到就要做到。”

“太好了，比利。”面包姥姥微笑着用她瘦小的双手捧起我的脸，直视着我的眼睛，“我会坐在前排给你加油，我都等不及了！”说完，她伸出了小拇指……我俩又拉了一次钩。

第十七章

过生日时，猫最不想喝哪种咖啡？
猫屎咖啡。

我十二岁了！我喜欢十二岁的感觉。到了明年，所有的大人就都会说我是个十三岁的青少年啦。现在他们中有的人就已经开始了！“哇，很快你就是青少年啦！”这话他们特爱说，好像这是自己的原创。就像我十岁时，我数了数有多少人跟我说了“哇，岁数上双，快乐成长！”，四十八个人！这还不包括那些在我开始计数之前跟我说过这话的人。所以，我估计大概是六十多人。大家都爱重复同样的话，我很无语，说什么好呢？

现在，克洛伊也遇到了同样的状况，但人们评说的对象是她那颗摇摇晃晃的牙齿。“你得在牙上拴根绳，然后把绳绑在门把手上。”人们一遍又一遍地重复同样的话。我能看到听人这么说时她脸上的表情，也不知道大人们是怎么想的，想让她作何反应。我也在一旁为她计了数。到目前为止，有十七个人都说了那句话，但如果她的牙齿一直不掉的话，这个数字很可能会更高。我打赌能超过二十五。我跟她说了我在计数，她笑了，好像很高兴有人注意到了她。然后，她继续给她的毛绒小马穿衣服。

早上有人敲门，我跑了过去应门，希望是谁送我的生日礼物到了。一个送货员站在门口台阶上，气喘吁吁地问道："你们想把这套架子鼓放哪儿？"顿时，我整个人几乎都要炸裂开来！

我接过随着礼物送来的附言便条，只见上面写着：

亲爱的比利：

别管其他人怎么说，尽管折腾出一些动静来，好好享受！我虽然离得远，但还是有可能听得见你的鼓声的！你是世界上最好的外孙，我非常爱你！

爱你的面包姥姥

老妈也看到了这张便条，嘟哝道："她老人家不是疯了吧！"

真不敢相信，面包姥姥给我买了一整套的架子鼓！我觉得老爸老妈应该不怎么同意她这么做，她甚至没有提前告诉他们！

我尽可能快地穿好衣服，气喘吁吁地一路跑到了橡树园，冲进了面包姥姥的小房间。我紧紧地抱住了她，面包姥姥咯咯地笑着，一遍又一遍地说："好孩子，好孩子……"我能感觉到她那睡衣下瘦削的身体，感觉到她的身体虚弱不堪。显然，这身睡衣是她让橡树园的护理人员在网上帮她买的。她说她有些积蓄，就是想送个特别的礼物给我。在和我聊天的时候，她睡着了，我甚至都没法儿好好地跟她说声再见。

原本我以为自己永远只能拿铅笔练习打鼓，可现在我有一整套架子鼓啦！我太开心了。我回来的时候老爸正在车库里忙活，帮我组装架子鼓，但他看起来好像没我那么高兴。接下来，我连续打了四个小时的鼓，直到手上都起了水泡。然后，老妈进来说邻居抱怨了，所以我们得制定一些"打鼓规范"。

要是有一个能隔音的练功房就好了，那样的话我就可以每天从早打到晚。老爸说有些约束可能也是件好事，否则我会变聋！他还让我戴上护耳器打鼓，但这玩意儿看起来太傻了。我看不出为什么要戴上它，鼓声不就应该响亮吗？所以，只有老爸在场时我才会乖乖把它戴上。

我试着练习双击滚奏（这种打法就像一个普通的滚奏，但你得用每根鼓槌快速击打两次），这很难。老爸从阁楼里拿出了他的老吉他，跟我一起弹。我都不知道他还会弹吉他，而且弹得还真不赖！我俩一起演奏，感觉还真像是一个不错的乐队。我觉得我们俩的组合可以叫作"鲨鱼"乐队。

当我俩彼此配合产生共鸣时，感觉特别棒，就像在用音乐交谈，就像在用另一种语言进行沟通。老爸说这就叫作得心应手、彼此呼应。我觉得他跟我一样，也很喜欢这种感觉。所以，我认为留下这套架子鼓应该不成问题了。

老爸和老妈给我买了一个很酷的麦克风，说可以帮我练习讲笑话。这个生日礼物看起来像是纯金的，上面还有个按钮，按下去能变声。当我被要求停止打鼓时，我就在客厅里为他们表演。我让自己的声音听起来像只花栗鼠，然后讲出了我最新的笑话。

“为什么看见一只小鸟时，史上个头儿最大的鸟吓得掉头就跑？因因因为它的名字叫作恐鸟！”克洛伊笑得差点儿尿了裤子，她对这个笑话毫无抵抗之力。

客厅演出结束之后，我把麦克风搁在了我房间的书架的最上面，这样我睡觉时就可以看到它。我已经做出了决定，在完成口吃矫正课之前，我先不动用它。看着它，想着到时候一拿起它就能侃侃而谈，还真是让人兴奋。

口吃矫正学校还是没有回复我的邮件，他们最好动作再快点儿，一周后课程可就要开始了！我已经暗地里打包了好几遍，早早地把我最喜欢的蓝色连帽衫和黑色牛仔裤收在袋子里，藏在了衣橱最里面。

当我下楼来到门口时，我看到邮箱底下的地上搁着个大信封，上面写着我的名字。邮递员来过了，送来了一大堆贺卡和礼物。它们都是我从未见过面的姑妈和表亲寄来的，但这个大信封我想不出是谁寄的。可打开一看，我立刻就知道了。这是一本纯手工制作的大书，封面上画着一个挂着天鹅绒幕布的舞台，聚光灯下的我手里拿着个麦克风……书上还写着：

永不结束的笑话宝典

比利·普林普顿　著

斯凯拉·诺金斯　绘

书里每一页上都有一个我超级喜欢的笑话，旁边还配着一幅漫画。这本书肯定花了斯凯拉好长好长时间。再翻到后面，是一些空白的页面。最后一张有字的书页上写着一句话：

只要你一直讲，我就一直画……

震撼!！我整个人彻底呆住了。半晌我才使劲儿拍了拍脸，自言自语道："比尔，正常点儿！老天爷啊，你都已经十二岁了！"然后我捧着只属于我一个人的笑话书，小心翼翼地把它摆在了书架上。真是难以置信，斯凯拉竟然记得所有我讲给她听的笑话，也许，这就是她午休时间一直在画的东西……我要到舞台上侃侃而谈，我要给她和大伙儿表演！我已经迫不及待了！

下午，马修、乔希和亚历克斯都来了我家，这可是我有史以来头一回招待来我家过夜的朋友。

他们抵达之后，我们一起品尝了我最喜欢的茶、青酱奶酪意面和蒜香面包。吃饱喝足之后，我们在巷子外面的小树林里，进行了一场激烈的“枪战”。老爸老妈给我们每个人配发了一把玩具软弹枪，外加两百发子弹！克洛伊没有加入，她站在边上，挥舞着她的啦啦球助威呐喊。

战队分为两拨——我、亚历克斯和老妈对抗老爸、乔希和马修，而克洛伊负责站在一旁观战。战斗的任务很简单，我们必须从一棵树上营救出一包瑞士三角巧克力，然后把它安全地护送回我们的基地。如果任务完成，巧克力就归我们享用。我们打了三局，赢了两局。战斗结束之后，我们开心地瓜分了巧克力。再后来，老爸、老妈和克洛伊先回去了，而我和亚历克斯他们几个继续玩耍，直到我们手都冻麻了，很难再扣动扳机时才收兵回家。而这个时候，热巧克力和生日蛋糕早就准备好了。

吃完蛋糕，我们打起了架子鼓。马修很喜欢老爸的吉他，他已经在学校里上了好几次吉他课，所以弹得还不赖。因为没别的乐器，所以我拿了个铃鼓给乔希。递给他之前，我还学着他的样子，扭来扭去地摆弄铃鼓。很快，乔希就加入了进来……就这样，我们一直在车库里蹦蹦跳跳，直到我们全都笑得直不起腰。至于亚历克斯，车库里没有钢琴，所以他敲的是克洛伊的玩具木琴。

我们的演奏，其实听起来还是很不错的。我问他们是否愿意在公开彩排日那天去音乐休息室表演，因为这样我就能在学校名正言顺地打鼓了。当然，我没告诉他们我其实是想打鼓给艾莉听。这事儿可决不能说！他们回答说会考虑的。之后，我们还在我的房间里看了电影《勇敢者游戏》，吃了爆米花。

到了晚上十点半，亚历克斯竟然睡着了！真是难以置信，他刚才还跟我打赌说他会是熬夜最厉害的那个。亚历克斯很好胜，有一次他跟我赌了一盒巧克力，说能比我憋气憋得更久。结果我赢了，我比他多憋了二十秒，但那盒巧克力到现在我还没拿到。乔希和马修也都在十二点前睡着了，甚至连夜宵大餐都还没吃。

最后，两袋玛氏糖豆和所有的哈瑞宝软糖都被我一个人消灭了。结果我撑得要死，不得不在半夜里去找老妈抱抱。因为夜宵大餐撑得我直冒汗，拥抱的时候差点儿都要吐到她身上了。不过幸运的是，我没吐出来。她带着我一起深呼吸，直到我终于缓了过来。有那么一瞬间，我觉得自己好像又变回一个小孩子了。

这样的过夜聚会，跟我的预期不太一样。感觉好点儿之后，我赶紧偷偷溜了回去。老妈说我得回自己的房间去，这样的话“他们万一醒来不会找不到生日男孩”。我和亚历克斯睡一头儿，四下里一片漆黑，他一动不动。为了确定他是否还活着，我蹭了蹭他的脚底板，他忽然猛地翻了个身，吓得我差点儿从床上跳起来！

在那之后，过了好久我才平复下来慢慢入睡。朋友们在我身边打着呼噜，而我则回想着我的生日……我真的有了朋友！现在就差一封口吃矫正学校回给我的邮件了。其实，我睡前还专门又查看了一遍邮箱，真不知道为什么要等这么长时间。一旦我摆脱了可恶的口吃，我的生活就会彻底变得完美。不过，老实说，我的这个生日过得还是挺完美的。躺在床上，听着鼾声，想着那本漂亮的笑话书和麦克风，我心满意足，觉得自己幸福极了。

第十八章

为什么灰姑娘被足球队开除了？因为她的鞋老是掉。

收拾好了睡袋，亚历克斯、马修和乔希被他们的家人接走了。我试着说服老妈，说我肚子里的哈瑞宝软糖还没消化，没法儿去踢足球，但她却觉得这不是问题。

“球可是每周都要踢的。”老妈一边说着，一边把克洛伊的舞蹈用品装进袋子里。我尽量装出不大舒服的样子，但没能成功。“我得带你妹妹去排练舞蹈，难不成你想跟我们一起去跳舞？”我赶紧摇头，“你老爸要出门拍照，没法儿陪你。比利，打起精神来，别让妈妈难做。”

我很想说：“我不难做吗？你都不知道我有多苦。为什么就不能让我活得轻松点儿呢？”但一想到车库里的架子鼓、麦克风、过夜聚会和所有其他的礼物……我只好乖乖闭上了嘴。我可不想去参加什么傻兮兮的舞蹈排练，所以，拿上了守门员手套和球鞋，我不大情愿地跑去了车里听音乐。

到达球场后，老妈让我在停车场下车，她开了车窗朝我喊道："待会儿见，亲爱的，祝你好运！"话刚说完就开车走了。然而就在这时，我看见了他……我立刻就想转身跑去追赶老妈，但来不及了。车里克洛伊的笑脸看不见了，车已经远远地开上大路了。我停住想逃的脚步，只感觉胃里一阵翻涌，很想呕吐。但这一次，并不是因为哈瑞宝软糖。

昨天过生日，我激动得过了头，完全忘了看今天我们队的对手是谁。又是比斯顿流浪者队——布莱克莫所在的球队！我环顾四周，急切地想找个地方躲起来，但就在这时，我看见了她……她站在场边，双手插在口袋里。风吹过来，轻抚着她面前的几绺红色发丝……是艾莉，是过些日子要来看我打鼓的班纳谷学姐艾莉！看见她的一瞬间，我的脑子里面顿时嗡嗡作响。

她怎么会在这儿？远远地，我盯着她看了又看，她一直站在那儿没走。后来，她也看见了我，给了我一个微笑。我不确定她是否还记得我，或者她只是因为我盯着她看而微笑，我也对她报以微笑。当教练催促我赶快上场时，我才把目光从她身上移开，朝队友们跑去。在我的视野里，没有出现布莱克莫的身影，我不断安慰自己他今天比赛不会上场。

可当我在球门前上下跳跃热身时，我还是看见了布莱克莫。此刻，他正远远地站在球场的另一边，球在他的两脚之间踢来踢去。他一边踢着球，一边冲我咧嘴笑。哨声响起时，我意识到他今天踢的位置是前锋，所以我将无法避开他。没有别的办法，我只好不停安慰自己情况不会糟到哪儿去。大庭广众之下，这家伙能做什么出格的事儿呢？我忍不住瞥了一眼场边，看见艾莉正和她爸爸站在一起。

就在这时，皮球重重地击中了我的胸口。我一下子就瘫软了下来，跪倒在地。然后，皮球在草地上弹了一下，落在了我的面前。我赶紧飞身扑过去，化解了这场比赛对手的第一次射门。现在，我真得集中精力了，我可不想在艾莉面前不堪一击。抬头看时，我意识到刚才射门的正是布莱克莫，而我挡住了他的射门，显然，我的扑救会让他很不开心。

比赛继续进行，我拼尽全力扑救，但还是让对方进了些球。比斯顿队每一次进球后，布莱克莫都会冲我大叫着欢呼“比比比利·普林普顿，你可真是笨！”，或是“比比比利·普林普顿，总是走霉运！”。

从某种意义上说，布莱克莫相当聪明。他知道如何隐藏自己的恶行，每次使坏都能逃脱惩罚，大人们总是拿他毫无办法。远远看去，场边的艾莉表情复杂，她是无聊还是难过，我猜不出。

对方发角球的时候，我拼命争抢站位，想要看清球的落点。扑角球是我的噩梦，因为我的身高限制了视野。布莱克莫偏偏又对我百般纠缠，在球门边上拿肩膀顶压我，想把我压在身下。当球飞入球门区时，我眼前的一切仿佛突然变慢了。球越过布莱克莫，朝我飞来。我高高举起双臂，尽可能高地纵身跃起。就在这时，布莱克莫扭过头来。看到皮球即将被我收入手中……他猛地伸出胳膊，使劲儿地推了我一把……

然后眼前的一切又突然变快了——我朝球门里面飞去，脑袋撞到了后面的门柱上。我顿时一阵头晕目眩，倒在了地上，半天爬不起身来。过了一分多钟，我才慢慢清醒过来。我晃了晃脑袋，眨了眨眼睛，正要起身，却看见布莱克莫出现在了我的眼前，一脸坏笑。

“比利，我说你得小心点儿，伙计。”说完，他又弯下腰来在我耳朵边上小声补了一句，“也许，应该由我来教你说话，而不是让你来教我什么无聊的数学。”说着，他单膝跪下，一只手使劲儿地摁在我的胸口上，阻止我站起来，“你是不是想求我帮你站起来？”我知道，要是不求他，他是不会让我站起来的。

就在我开口说“威威威威廉”的时候，艾莉忽然出现在了我的眼前。她气鼓鼓地跑进了球场，看上去怒不可遏！她一把抓住布莱克莫的球衣，把他从我身上扯了下来，然后用力地把他推到了一旁。而布莱克莫只是转过身，大声哼唱着歌，回到了场上。

艾莉朝着我伸出了手，要拉我起来，但我一骨碌自己从地上爬了起来，没敢去看她。然后，我听到她说：“我为我那个愚蠢的继弟感到抱歉，他就是个白痴。”继弟？！她和布莱克莫是姐弟？这怎么可能！

我一头雾水，觉得难以置信。裁判过来问我是否还好，我说头还是有点儿晕，于是他让我先去场边的长凳上缓缓。

当艾莉从俱乐部小超市给我拿来果汁和饼干时，我正努力消化着她之前所说的一切。她走到我身旁坐下，微笑着问道："好点儿了吗？"

"好好好多了，我早就习习习惯了。"她静静地坐着，看着我，等我把话说完，就像在越野赛那天遇到我时那样。

"这种事……你不应该习惯。"她有点儿难过地说。

"你跟他住在一起吗？"我问。

"天哪，才不要跟他住在一起呢！我老爸娶了他老妈。我只是每隔一个周末去他家一次，在我看来，隔周一次也太频繁了。真希望我老爸从来没跟他们那个愚蠢的家庭有过任何关系。"我不知道该说什么，所以我们就静静地坐着看比赛。她突然说："我老爸小时候也口吃。"

"真的假的？"我掩藏不住话语里的惊讶。在现实生活中，我还从来没遇到过谁口吃，我本来认为自己是唯一的那个。我不知道该说什么，我有很多问题，但问出的第一个问题是："他的口吃跟我的一样吗？"我想起了那个纪录片，想起了里面的猫叫女士和发火男，他俩口吃的症状和我的都不太一样。我不知道艾莉老爸的口吃属于哪一种。

"我也不清楚，他以前口吃的时候我还没出生呢。"说完，她继续看比赛。

"哦，下周，我要去上口吃矫正课，就能把我我我的口吃治好。"我说。我还没跟任何人提过这件事，甚至连他们的回复都还没收到，但我也不知道自己为什么脱口而出，竟然和艾莉说了。

“真的吗？”她问道。

我只是点了点头。不知道怎么回事，我忽然觉得喉咙发紧，眼睛也有点儿不知道该往哪儿看。不过还好，我觉得这一切艾莉并没有注意到。

“自从我老爸搬去跟他们一起住以后，威廉和他那个傻哥哥迪兰就一直很烦人。”她抬起头，仰望天空。阳光灿烂，她的头发像是被阳光点燃了。“听说他俩原来的老爸是个非常讨厌的家伙，可他俩却还是有个不切实际的想法，一直希望他们原来一家人能重归于好。当我老爸求婚之后，他们估计也意识到再无可能。迪兰便把火全都发到了威廉身上，对他特别凶。”

“我记得……我见过他一次。”我想起了那个一脸愤怒的大男孩。

“可能这就是威廉到处惹事的原因，我不是想为他做的坏事找借口，但他肯定因此讨厌别人，不想上学。”

“真的吗？ 布布布莱克莫会不不不想上学？简直难以想象啊。他看起来很喜欢在学校里横冲直撞，很享受欺欺欺负所有人啊。”

“是的，他讨厌上学。每次我去老爸家待着的时候，总看到他为了不去上学花样百出，但最后都哇哇大哭着被拖进车里。他觉得所有课程学起来都很困难——读小学时他就有阅读障碍症。家里找人给他做了不少检查和治疗，但没找到原因。可所有这些……都不应该成为他干坏事的借口。”我也抬头仰望天空，听艾莉继续说道，“你下周会去音乐休息室参加彩排吗？”

“去啊，肯定去啊！”这句话脱口而出之后，我才意识到自己说话都没过一下脑子。

“太好了！看来，我还是能听到你打鼓的。”

当老妈听教练说我“头部受伤”之后，她心里很不是滋味儿，后悔硬是坚持要我来踢球。所以，我窝在沙发上看了一下午的电影，而她则一直在旁边看报纸陪着我。

“亲爱的，要我帮你拿点儿什么吗？”老妈一边说着，一边起身走向厨房。有人照顾可真是好，也许，我应该……经常受伤。“来点儿果汁，谢谢。”我故作虚弱地说道，“嗯，再拿点儿薯条？”

“好嘞，马上就好。”说着，老妈把报纸放在了咖啡桌上。一瞥之下，报纸角落处的一个标题吸引了我的注意。

脑电刺激术：口吃试验疗法问世

我立刻坐起身，一把抓过报纸看了起来。文章介绍了一种口吃治疗方法，说的是通过一些微型胶垫向大脑发送电子脉冲。在老妈返回之前，我迅速把这篇报道撕了下来，我得找个时间好好读读。我会把它钉在软木板上，藏在我的那些清单下面。就在我把它折叠起来的时候，我注意到文章末尾的一句话——“目前，这种疗法尚处于试验阶段，至少还需五年才能正式推广。”谢天谢地，我马上就有言语矫正课上了，不用苦等这项技术成熟推广。五年哪……要等的时间也太长了！

第十九章

甲、乙、丙、丁（打一数学名词）。答案是代数。

周三上午大课间休息铃响起时，我的心猛地一沉。我得和布莱克莫待在一起，待整整二十五分钟！我到门口的时候，发现屋里没人。我很想转身逃跑，但当我转过身时，他出现了。

“比利，你的头怎么样了？”他一脸坏笑着说，身后跟着奥修先生。

“你的头怎么了？”我们往里走的时候奥修先生问道。

“老师，上周末，我们队跟他他他们队踢了场比赛。踢踢踢球时出了点儿状况，不是在学校里弄的。”

“你被人铲倒了？”他问道，目光直视着布莱克莫。

“呃，老师，当时我们几乎上演了一场教科书式的攻防大战，”我想象着自己把一个麦克风拿在嘴边，用我认为最棒的体育评论员的口吻说道，“比斯顿流浪者队现在发起了猛攻，他们赢得了一个很不错的角球机会。现在，哈特韦尔英雄队的整条后防线面临着巨大的压力。理查兹把球传传传给了布莱克莫……可布莱克莫似乎被体育场的灯光晃了一下双眼……紧跟着发生了什么？布布布莱克莫错把普林普顿的脑袋当成了足球！这绝对是足球场上最具灾难性的场面。普林普顿的脑袋瞬间击中了门柱，整个人直接弹入网窝——教科书式的进球！”

听了我的讲述，布莱克莫没忍住，大笑了起来。

“听起来好疼啊，比利。”奥修先生说，“不过，这一击显然没能把你的幽默感打散，对不对？”

当奥修先生也在场时，我对跟布莱克莫待在一起感觉有些不同，好像我可以更像我自己，而不是那么担惊受怕。

“好了，小伙子们，接下来就开始我们的头等大事吧。我要批改一些卷子，你们俩就做做这周的作业，怎么样？”

“好吧。”我和布莱克莫同时答道，尽管我俩的语气不大一样。

我的作业早就做完了，所以我就坐在边上看着布莱克莫拿出他的。

“你看什么看？”他咕哝了一句。这时，桌子后面的奥修先生抬起头来。

“我的作业做完了，所以我可以帮帮你。”我轻声说道。奥修先生低下头，继续忙活他的批改。

当布莱克莫把数学作业拿出来时，我看到了他书包里面的其他书，全都破烂不堪。他的数学书上到处都是涂鸦，画满了骷髅头和交叉的骨头。

“骷髅头画得不错啊。”我低声说。

看得出来，他想说些不好听的话，但他看了一眼边上的奥修先生，把到嘴边的话吞了回去。

作业全是些代数题。当他翻看作业本时，我发现之前的回家作业他一点儿也没写过，本子上面要么一片空白，要么就都是些涂鸦。我看着他，可以看到翻动本子的他满脸通红，活像个小男孩，他考试时的那副表情又出现在了我的眼前。看得出来，他没打算主动开始，所以我就压低声音说道：“要不，你看我来解解解一下第一题，然后第二题你来，怎么样？”

“要不……你都替我做了算了，怎么样？”他低声回应道。

“要不，”奥修先生的声音忽然响起，打断了我俩的悄悄话，“我最后检查一下你们俩的作业，看看你们是不是真正掌握了所学知识？”

怀着歉意，我朝布莱克莫看了一眼，耸了耸肩。接着，我拿出两支笔，递给了他一支。

铃响的时候，我们连一个题目也没搞定。我一遍又一遍地反复讲解，并仔细向他展示解题方法，一直讲到他点头才停下来。但一轮到他来做，他还是做不出，好像他压根儿就没听，又好像他的大脑卡了壳。

“完全没用。”他说。

“你这跟我说话有点儿像，越是使劲儿，反而越糟。”

“对，我觉得很像。”说着，他合上了练习本。

“怎么样，小伙子们？”奥修先生做了个手势，要看看布莱克莫手里的练习本。

“没什么给你看的。”布莱克莫嘟哝了一句。

“威廉，你说什么？”

“没什么给你看的，就这样！”布莱克莫喊了起来，“我做不到。我永远也做不到。我待在这儿一点儿意义也没有，太丢脸了。”尽管他听起来很生气，但其实他看起来快要哭了，我能看到泪水在他眼眶里打转儿。布莱克莫哭了，真是难以置信！

“好吧，别难过，这种事情需要时间。比利，你是不会袖手旁观的，是吗？”

“老师，我我不会。”说这话的那一刻我是认真的，我想帮助布莱克莫。在我准备离开的时候，奥修先生说：“比利，你能等一下吗？”于是，在我的视线中，垂头丧气的布莱克莫先走了。

“我让你这么做，希望你别太生气，好不好？”奥修先生咬着自己的大拇指指甲说道。

“老师，我没生气。”

“比利，知道吗，即使你不愿意说，我也知道之前发生了什么。”

我只是点了点头。

“但你不说的话，我也只能像现在这么做。但我想让你知道我是支持你的。我不会让那种事情再次发生，你说呢？”

“老师，我没想别的，只是想过得……开心点儿。”

“我也是，比利，有一件事儿肯定能让你开心。”说着话，他递给了我一双鼓槌，而他则从桌上拿起了他的小号，“合作一下？”

午饭时，我到处寻找斯凯拉。整整一个星期，她都没来上学。自从收到她送的笑话书之后，我就再没见过她。今天早上，我问奥修先生斯凯拉还好吗，他说她午饭时应该会到校。不过，我到处都没看见她的影子，所以只好独自吃起了薯片。我真想在剧场里再为她做一场演出，把我准备的才艺表演再过一遍。当我正要离开餐厅时，一头乱发的她出现在了门口，看起来比平时更加邋遢。

“你你你你还好吗？”我问。

“是的，我很好。”她说。

“这些天你去哪儿了？”

“我妈这几周身体特别不好，所以，我得待在家里照顾她。”

“听听起来很辛苦啊。”我说。

“确实。不过，我现在不是又回来了吗，回到了风景如画的班纳谷！快给我说说新鲜事。”

“从我生日起，就没见过你，”我说，“你送的礼物是我见过的最好的礼物！”

“伙计，别那么夸张，我可不这么认为。要是有钱，我能给你做出更好的东西，现在这个……有点儿蹩脚。”

“才不是呢，我非常喜欢！”

斯凯拉不知道我有多喜欢她送的礼物，她今天看起来很难过，很孤单，我几乎想走过去给她一个拥抱……而就在这时，我停下了脚步，艾莉出现在了餐厅里。

“嘿，嘿，艾莉！”我朝她打了个招呼，尽量让自己的声音听起来很随意，可她没听见我的招呼声。看到我的这个举动，斯凯拉沿着走廊走开了，边走边说了句：“上课见，比尔。”

回到家后，我翻看了所有以前学过的数学书，试图回忆起当初我是怎么学习代数的。而当克洛伊骑着她想象中的小马疾驰而过时，我的脑子里忽然冒出了一个主意。

“克洛伊，你知道代数是什么吗？”

“是一种疾病吗？”

“哈哈哈！不，代数是跟数学有关的东西，想不想让我给你说说看？”

“我讨厌数学。”

“我可以用小马举例子来讲代数。”听了我的话，她看起来半信半疑。

“你要是听我讲的话，就给你一块我生日收到的巧克力。”

“好的！”她飞奔而来，把她的那匹假想小马拴在了洗碗机边上。

用了一群关在假想围栏里的独角兽和小马，外加五块生日巧克力，我终于帮助克洛伊了解了代数的概念。显然，要是我建议用小马和神话中的动物来帮忙做作业，布莱克莫肯定会抓狂。但我觉得完全可以试一试，只要搞清楚他喜欢什么就行。

第二十章

医生：我有一个坏消息和一个更坏的消息，你想先听哪个？

病人：呃……先听坏消息吧。

医生：你的体检结果出来了，你还能活二十四小时。

病人：二十四小时！这太可怕了！那更坏的消息呢？

医生：打昨天起，我就一直到处找你……

这周我口吃得很厉害，这非常奇怪。学校里的一切都在变得越来越好，我的朋友们都很棒，我的笑话也越来越有趣了。几天前的一个下午，我又去橡树园看望面包姥姥，给她模仿了老爸和老妈批评我时的样子。她边听边说觉得呼吸困难，因为她笑得实在是太厉害了。

“比利·普林普顿，现在！立刻！马上给我进来！你的这五双鞋子为什么会跑到这儿来？它们跑到我的厨房地板上来是想干什么？这里不是卖鞋的商店，请你尊重这幢房子，否则我可要大发雷霆啦！”我学起老妈来尤其相像，她的声音和语调都被我学得惟妙惟肖，甚至连说完每句话之后的换气方式都一模一样。

看到面包姥姥真的喘不过气来，我不得不赶紧跑去找来了一个护士。她告诉我，也许我应该“把笑话停一会儿”。

面包姥姥大声抗议道：“不要停！”话还没说完就又忍不住大笑了起来。

一切都在变好，我还觉得如果能想出办法帮布莱克莫学习数学，他很可能就不会再跟我过不去了。所以，在这种情形下，你会认为我的口吃会好转，而不是恶化。不过，事情的发展往往并非如此。当我感到疲惫不堪或者压力巨大时，口吃会变得严重，然后一切就都跟着糟糕透顶，这听上去很合情合理。但有时候明明顺风顺水，可口吃偏偏还是会无缘无故地跑出来妨碍我。唉，真是烦人！

在今天加拉赫夫人的戏剧课上，她让我们围成个圆圈坐着，请每个人讲一个笑话、说一个谜语或者陈述一个事实。这游戏可真不赖！我立刻就开始在脑海里搜索，想从我最新的十大笑话列表中挑选出一个来。

我是最后发言的几人之一，随着前面的人一个个完成任务，我变得愈发兴奋和急不可耐。我想到了一个完美的小笑话，这笑话我还没跟任何人说过，是我在图书馆的一本笑话书里读到的。我在脑子里对它做了一点儿调整，让它听起来更加真实。

吃早饭时，爸爸对妈妈说："我不要沙拉了，你呢？"他们三岁的小女儿莎拉顿时哇哇大哭了起来，边哭边说："我再也不调皮了。"

我在脑子里一遍又一遍地琢磨措辞，考虑用什么声音来表达哭泣。这时候，轮到了雅斯敏，她本来要讲一个关于马的谜语，结果讲着讲着她就迷糊了，不小心把谜底也说了出来。大伙儿顿时都忍不住咯咯笑了起来，弄得她尴尬无比。突然，一阵巨大的恐惧感涌上我的心头。如果这个笑话我讲不好，他们也会嘲笑我的。可就在这时，加拉赫夫人开口说道："比利，准备好了吗？"

我试着不去理会心里的忐忑，急匆匆地开始了我的笑话。"吃吃吃吃吃吃吃吃吃吃……"我深吸一口气，继续说道，"吃吃吃吃吃吃……"我又试了试用"大绵绵"发音方式说"吃……z……袄饭……吃早饭……"但我卡在了"吃"和"早"两个字上。

我看见了一张张表情古怪的面孔，有几个人更是低下头去，强忍住不让自己笑出声来。加拉赫夫人没有说话，只是等着我继续。她等了好长时间，但我怎么都讲不到"沙拉"两个字那儿……最后，我只能放弃，抱着头坐了下来，把脑袋深深地埋在两膝中间，想要找个地缝儿，然后钻进去躲起来。

这一天剩下的时间里，我都很难过，尽量不跟任何人说话。跟斯凯拉一起吃午饭时，我也只是静静地坐着。

“你还好吗，比利？”她说。

我只是点了点头，一声不吭地收起托盘。我没去音乐休息室，而是独自一人沿着走廊走来走去。我再也等不及了，我要赶走口吃，我恨它！

一回到家，我做的第一件事就是查看电子邮件。终于来了！一封口吃矫正学校来的邮件正在邮箱里等着我！

亲爱的比利：

感谢来信垂询。

恐怕我们目前的课程并不适合十二岁的申请者。我们即将开设的课程旨在帮助成年人矫正口吃。对于一个十二岁的孩子来说，我们的方法挑战性过强，在身体、心理和情感上都要求太高。但在青少年口吃矫正工作上，我们也有不少成功的经验。所以，如有需要，请在一到两年之后再与我们联系。

抱歉眼下我们无法为你提供进一步的帮助，也许英国口吃协会可以为你提供你所在地区更加合适的治疗方案，你可以登录他们的网站查阅信息。

祝你一切顺利！

布莱恩

在卧室里读完这封邮件，我顿时气急败坏，狠狠地甩开手里的平板电脑，对着镜子尖叫了起来。镜子里的我惊怒交加，满脸通红，样子看起来非常吓人。各种念头在我脑海里快速闪现，嗡嗡作响，完全不受我的控制，像是从什么地方硬闯到我脑袋里一样。我看了眼软木板，在那张清单上面，只有一个选项。

1. 参加口吃矫正课程。

这句话像是正在大声嘲笑我，一遍又一遍地嘲笑我：参加口吃矫正课程，参加口吃矫正课程，参加口吃矫正课程……我扑过去一把扯下了清单，狠狠地把它揉成一团，使出全身的力气攥成一个纸球。我用的力气太大，大到手指的关节都骤然发白。脑袋里的各种念头继续躁动不已，发出了越来越响的噪声。我死死地捂住耳朵，但还是能够听到它们。

唉，认命吧！你永远都只能做个结巴。在简单轻松的戏剧课上都讲不出话，还想到舞台上去讲什么笑话？

我瘫倒在了床上。如果情况越来越糟，我该怎么办？“一到两年之后再联系”？我等不及啦！现在！我现在就要干掉口吃……我的心里一阵翻腾。

现在，你没法儿让爸爸妈妈为你感到骄傲了！

你很无趣，而且你永远也别想变得有趣！

你跟艾莉说你下周就能摆脱口吃……她会认为你是个十足的骗子！

你将永远被布莱克莫欺负，对此你无能为力，你是个彻头彻尾的可怜虫！

这些想法不断地在我的脑海里翻腾。

还有才艺秀呢？你答应过面包姥姥，但你会让她无比失望！

我不断想象着告诉面包姥姥之后她脸上的表情，但我又不愿去想象那个画面。我开始使劲儿地拍打自己的脑袋，想要把那个画面从我脑袋里赶走。

我盯着镜子里的自己放声大哭……哭着哭着，我从书架上抓起所有的笑话书，把它们统统扔进了垃圾桶。就在这时，我怔住了，那些笑话书的最上方，斯凯拉送我的那本正对着我。我猛地扑倒在了床上，一把扯过枕头蒙在了头上。

“可恶的口吃，可可可恶的口吃！”

“可恶的口吃！”我在枕头底下嘶吼道。

我使劲儿地拍打枕头，想把口吃从脑子里赶出来。肯定有什么办法能彻底摆脱口吃。我需要把它弄出来，我必须把它从我的脑子里弄出来！现在就要把它弄出来！

也就是这个时候，我想起了撕下来的报纸上的那篇文章。我把它找了出来。也许，这种治疗方法我自己就能完成，我自己就能搞定口吃！我要做的就是让电流进入我的大脑，给它重新编程。电击我的脑袋，让它变得正常！

我一下子就从床上跳了起来，抓起闹钟，把后面的电池掏了出来。我要把电池塞到我的脑袋里面！我必须要做点儿什么！我彻底疯狂了，失控了。我把一节电池放在脑袋左边，把另一节放在脑袋右边，然后拼命用力按压。“放电！我要要要你们给我通电！”我一边吼叫一边等待。

什么也没有发生。

紧跟着，我想起了我的电路科学工具包，于是立刻从书架上把它拿了下来。我撕了些透明胶带把电线的末端粘在太阳穴上，再用鳄嘴钳把电线的另一端接到电池上。这一刻，我觉得自己成了一个疯狂的科学家，正在创造一个新的发明。我对着天花板喊道：“求求你了，老天爷，让让让让它工作吧！”然后拨动了开关。我什么也没感觉到，但也许电流确实在运转。

我忽然又想起了以前看过的那个节目，那里面人们会在通电时把皮带系在自己身上。于是，我又找来了一条皮带，把它绕在胸前，然后拉紧。我再次拨动开关，盯着镜子尖叫道：“给我通电！给我工作起来！”

老妈肯定是听到了我的尖叫，冲进了我的卧室。她抓住电池，把电线从我脑袋上扯了下来，扔到了一边，紧紧地抱着我，颤声问道：“我的好孩子，你在对自己做什么傻事呀？”她轻轻地帮我解开胸口的皮带，一遍又一遍地重复着说道："我的好孩子，你在对自己做什么傻事呀？"这个时候，她哭了，我也哭了。最后，我给她看了那张皱巴巴的报纸……

就这样，一切都完蛋了。我做不到，我当喜剧演员和参加才艺表演的痴心妄想破灭了。再也不会有什么笑话了，再也不会有什么剧场了。

现在，我已经不想再尖叫和哭泣了，也不愿意去想面包姥姥。我违背了我拉钩时所做的承诺。当你违背了诺言，会发生什么？也许我马上就要知道了。一想到这儿，我不禁打了个冷战。

第二十一章

我坚持说洋葱是唯一能让人掉眼泪的食物。
话还没说完，朋友手里的椰子就砸在了我的脚指头上。

斯凯拉今天又没来上学，所以我不得不假装她一切都好。我有没有说实话，她总能看出来。有一次吃午饭的时候，我俩聊起了各自的奇特本领。我试图让她相信我能转一个小时的呼啦圈，但她一下子就听出了我是在吹牛。我不知道她是怎么做到的，不清楚自己是怎么露出马脚的。而当我跟乔希说同样的话时，想看看我是否能够提高我的吹牛技巧，他却只是说："你真是太棒了！"然后继续摇头晃脑。然后，我便为我的撒谎感到不好意思。所以，我又补了一句："我刚才是跟你开玩笑啦，其实我根本转不了一个小时。"他暂停了摇晃，顿了半晌，说道："比利，有时候你的笑话一点儿也不搞笑。"然后就又开始搓手。

我今天早上的脸色肯定很难看，因为我一进教室，亚历克斯就看出我遇上了什么麻烦。我只是说我感觉不大舒服，但他盯着我的眼睛，脸上带着一种奇怪的表情。他冲我伸出舌头，做了个斗鸡眼鬼脸，直到我笑了起来他才停下。有亚历克斯在身边，真好。

午饭前，我径直跑到校办，想要把我的名字从才艺秀的报名表上划掉。我还没跟老妈提过这事儿。要是说了，她肯定会想方设法说服我参加。她不明白我的想法，没人明白。

就在我匆匆划掉自己的名字时，我忽然感觉有人站在了我的身后。

"比利·普林普顿，你干吗呢？"是布莱克莫！当我转身看向他时，我的胃里顿时一阵翻涌。我扫了一眼办公桌，那个脸上有痣的女士并没出现。"你要参加才艺表演？"他嗤笑了一声，"不错嘛！"他看起来一副幸灾乐祸的样子。

"不不不不不不不是的。"我连忙摇头，同时挡在了他的身前，心里暗叹大事不妙。

"比利，你确实想要参加才艺表演，是吗？咦？你看，好像出了点儿岔子。谁把你的名字给划掉了。来，让我帮你弄好。"

接着，他抓住我的手，强迫我把自己的名字重新写在报名表上。随着我的手在纸上移动，我看到我的名字再次出现了。我想尖叫，但我没有力气跟他斗。所以，我只好放弃了抵抗，一滴眼泪悄悄地从我的脸颊上滑落。

“比利·普林普顿，我要看到你在舞台上出现。如果我在舞台上看不到你，我会非常不爽。你以为上周三你看到过我不爽，对吗？可是普林普顿，你错了。”

“我想想想到了一个办办办法，”我说，“能够帮你你你搞定代数。”当我说这话的时候，我知道我的话听起来很可笑，很绝望。布莱克莫放声大笑。

“我什么都学不好，普林普顿，你知道的。”

“呃，不不不妨试试看。不管怎样，我我我们总总总得试试看。”

“好吧，随你。在才艺表演之前，要是你能教会我怎么学代数，你就可以把你的名字从这个报名表上划掉。”

“行！”我说。

“周三见，普林普顿。”

说完，布莱克莫沿着走廊大摇大摆地离开了。而就在这时，校办的那个女士回来了。“你是个勇敢的孩子！”看了一眼报名表，她面带微笑地冲我说道。

我深吸了一口气，低头看了看报名表上我的名字。我浑身发抖，我不能在才艺秀上表演我的脱口秀节目。还不是时候！现在，我摆脱口吃的计划已经彻底泡汤了，我需要一个新的计划。也许就像前面那场演讲一样，我可以想出一种不用说话的方法参加表演。

在音乐休息室里，奥修先生从他家里带来了一把自制的低音提琴，还让每个人都上去试了试。老妈给奥修先生打过电话，跟他说了我试图“电死自己”的事。她一直这么说，但我告诉她那并不是我的想法。她的表述方式让整件事情听起来更糟了，搞得奥修先生一直问我还好吗，时刻都在关注我的言行。

这把低音提琴真的很酷。它的琴身就是一个大木箱，大到你都可以坐在上面。实际上，这琴身确实就是奥修先生用一个旧威士忌酒箱改造而成的。它的琴弦很长，附在用扫帚柄做成的琴颈上。它的声音听起来很像一把真正的低音大提琴。伴随着唱片里艾瑞莎·富兰克林的旋律，大伙儿都试着找到了一种伴奏的节奏。马修握着扫帚柄，在琴弦上拨动着不同的音符，坐在琴箱上的他姿势非常滑稽。他的膝盖几乎挨着下巴，看起来他随时有可能捏断琴颈。亚历克斯弹得很好，但弹得最好的还是乔希，他一直随着音乐晃动着双腿，好像天生就是弹这个的料，真是太棒了。

与此同时，奥修先生跳起了舞。他跳得很投入，好像完全忘记了我们还在边上。时不时地，他左顾右盼似的轻点着下巴，双手握着拳头在面前摇摆……我独自坐在一个懒人沙发上，没加入他们，满脑子都是布莱克莫和选秀节目。不经意抬起头时，我看到了他们全都开心地跳着笑着。乔希持续弹着手里的节奏，忽然，一个想法在我的脑海里变得清晰起来。一曲终了，奥修先生停止了他的舞蹈，说我们是一群真正的“爵士人”，还说有一天他会带着他的小号来一场正式的音乐会。

我不得不用一块玛氏巧克力引诱马修入伙，至于其他人，似乎根本就不需要被什么巧克力诱惑。特别是乔希，他非常兴奋，一下子就被我说服了——组建一个爵士乐队参加公开彩排！在那之后，我再说服他们参加真正的才艺表演！那样的话，即使我没办法教会布莱克莫学习代数，也没关系了。毕竟从上周三的情况看，想教会他难度确实很大。反正有了爵士乐队，我同样可以参加才艺表演。

我将以鼓手的身份登台表演，而不是什么愚蠢的喜剧演员！毕竟，“鼓手总是很缺的”，这话是奥修先生说的。而作为一名鼓手，我不需要开口说话。布莱克莫并没有说我必须在舞台上做什么，只是说他要看到我登台。另外，面包姥姥也同样能在舞台上看到我。如此一来，皆大欢喜！

在他们都同意的那一刻，我感觉好多了，甚至有点儿兴奋起来。放学以后，大伙儿都将去我家排练。我们专门去请教奥修先生，问他我们应该为公开彩排演奏哪首歌。

“你是以乐队鼓手的身份参加彩排吗？”他问道，“比利，你不是要在舞台上来场喜剧脱口秀吗？”

“不不是的，我已经放弃上台讲笑笑笑话了。”我回应道。

“真的吗？这让我很难过。”他说。

“现在，我想想想成为一名鼓鼓手。”我说，尽量让自己的话听起来更加自信。

“比利，也许你可以先别把门关上。永远不要放弃你真正爱着的东西。”他拍了拍我的背，“你是个有趣的孩子，别忘了这一点。”

“我只只只只是想暂时专注于音乐。”我轻声说道，边说边低头看着地板，试图让自己的回答显得轻松随意。

“呃，至于你们的要求，我绝对能帮上忙。”他向我眨了眨眼，然后给我们列了一张歌单。但他接着又说：“顺其自然吧，排练只是练习，看看你们几个在一起的配合如何。”他甚至还说到时候会和我们一起吹小号！一回到家，我立刻就钻进房间，拿出了歌单，要把歌单上的曲目全都听一遍。

1.《搭乘A号列车》
2.《爵士流浪客》
3. 费拉·库蒂的任何作品
4.《永远不会有另一个你》
5. 迈尔斯·戴维斯的任何作品

听着听着，我忽然意识到了一点——这些曲子真是太完美了，真不是我们几个小屁孩能演奏好的。

就在我搜索《搭乘A号列车》的时候，我忽然瞥见我的那些笑话书又都被放回了书架上。而在那个麦克风旁边，斯凯拉送我的漂亮绘本正从书架上看着我。显然，老妈在垃圾桶里发现了它们。我不想看它们，它们只会让我想起之前的一切。我不想讲笑话了，我不再是原来的那个我了。

看着看着，我心里很不是滋味儿。于是，我抓起那些书和麦克风，用卫生纸胡乱包裹了起来，然后把它们统统丢进了厕所里的垃圾桶。我现在需要忘掉这一切，我要专注于乐队！

第二十二章

狗狗总不洗澡，为什么它不会生虱子？
它只会生小狗。

又要去接受可恶的言语治疗了，我真的很恼火。因为今天学校食品技术课上要做苹果酥，而我却没法儿参加了。我感觉言语治疗毫无意义，但老妈说我必须去。“反正我们也得把借的那张DVD还回去！”我真应该把那张愚蠢的DVD连同麦克风和笑话书一起扔进垃圾桶。

本来我是要和乔希在食品技术课上做搭档的，食谱和所有配料我俩早都写好了，可我告诉他我得去看医生，所以今天要晚到校。他问我出了什么状况，我撒谎说头疼，但我能感觉到自己说的时候脸都红了。我不想班纳谷的任何人知道我得接受言语治疗，因为这事儿特尴尬，换了谁都会这么想。更让人郁闷的是，这种治疗显然没用，那还浪费时间干吗呢？

去见苏的一路上，我一声不吭。把车开进停车场时，老妈问：“亲爱的，你还好吗，没事吧？”

“我很好，你为为为什么老老老是这么问我？”

“以前，我们每回上午来见苏，你都很开心啊。”

“我只只只是想去上学，仅仅此而已。”

“好吧，亲爱的，没事就好。我就是随便问问。有事你得和我说，要不然我不知道你遇到了什么情况。”她看起来有些难过，也很无奈。看见她这样我也很难过，所以我说了声对不起，然后我们下了车。

在那间有着双面镜的小办公室里，苏正等着我们。她今天看上去跟平常有点儿不一样。她涂着淡粉的口红，原本盘着的头发披在了肩上。我知道当我们坐下时她会说些重要的话，我能看得出来。

“呃，开始治疗之前，我有个事儿想先和你们说说。”她似乎有点儿紧张。我不知道她到底要跟我们说什么，但我立刻开始在心里列出了各种可能。

1. 她发现了我给口吃矫正学校发过电子邮件，并且对此很生气？

2. 她报了警，跟警察说了我试图“电死”自己的事？

3. 奥修先生打了电话给她，说我在课堂上发言不够积极？

4. 她知道了我把麦克风和笑话书丢进了垃圾桶？

5. 我的口吃会越来越严重，而且以后我会连话都说不出来？

她双手合十放在膝盖上，继续说道："我递交了离职报告，要搬到康沃尔去了。所以，比利，这将是我们的最后一次会面了。"她皱着眉头笑了笑，声音有些哽咽，我不知道该怎么回应才合适，所以我没有吭声，"能看到你的成长，我真的很高兴。比利，这些年……能跟你相处，我也很荣幸。我知道你现在遇到了不少挑战，所以……我现在离开并不是最好的时机。对此我很抱歉。但我还是要说，比利，你是个了不起的年轻人。"

听到这儿，我还是不知道自己该怎么回应。我该不该笑一笑？或者她本来以为我会哭？我喜欢苏，她很友善，但我觉得自己没必要掉眼泪。不过，她看起来可能会哭。我意识到现在自己肯定得说点儿什么，因为房间里的氛围太过沉闷了。

"你为什么要去康沃尔呢？"我开口问道。

她笑了。"我一直都想在海边安家……当我看到那儿有个工作机会时，我忽然意识到要是我现在不去试试，可能永远也不会去做了。如果说现在的这份工作教会了我一件事，那就是我们得善待自己，我们得追逐梦想。"

"你走了以后，我还得接受别别别别别别人的治疗吗？"听了她的话，我暗自想道——离职和追逐梦想完全是两码事儿。

“嗯，这就是我们今天需要讨论的。”说着说着，她看起来又恢复了正常，跟我们介绍起了另一个名字叫作乔的女士，乔将接手治疗她的客户。当她说起乔写的一本书时，我开始走神，开始想象那面特殊镜子背后的场景……想象自己对着麦克风讲笑话，但声音好像被调得太低。我对着镜子说话，却没人能听见我的声音，我的笑话没有激起任何的反应……

忽然，我意识到自己得继续开口，因为房间里又一次陷入了安静。

“我不想再接受言语治疗了。”我说。

回学校的路上，老妈说如果我愿意，我可以改变主意。这话她说了四遍。听到第四遍时，我觉得我可以继续计数。我打赌到圣诞节前，这话她能重复十五遍。但不管她问我多少次，我都不会改变主意。我不想再继续了，我不想见什么乔。因为如果我不再想成为一名喜剧演员，那么言语治疗其实也就没有意义了，反正我将来做个口吃的鼓手也成。我很高兴苏能搬去康沃尔。成天坐在那个房间里，对着一面镜子，她肯定无聊得要命，更别提还要担心镜子后面是不是总有人看着。我希望她以后每天都能去海里游泳，每天都能看见章鱼。

在我返回学校后，乔希在课间休息时找到了我，给我了一些苹果酥。放学之后，我带着苹果酥去了橡树园。吉本斯太太又来了，真是有点儿烦人。她现在总爱跑去找面包姥姥——但我希望只和面包姥姥两个人单独聊天。可面包姥姥似乎并不介意她一直待在身边。我拿出了苹果酥，她们都想尝尝。所以，我拿出了塑料小勺喂给面包姥姥，看得出来，她是真的喜欢。我当然不想喂吉本斯太太吃，幸运的是，当我拿出另一个空勺时，她伸出手接过了它，自己动起了手。看着面前的两个老人，我忍不住胡思乱想起来……我现在做的事，很像是在照顾两个奇怪的、身上满是皱纹的老婴儿……想到这儿，我顿时觉得特别古怪。

吉本斯太太离开之后，面包姥姥低声说："你来之前她正在抹眼泪呢，这个可怜的女人。"

"为什么？"我问道，但其实并不是真的想知道答案。每次看到吉本斯太太那张又老又丑的脸，我都会心惊肉跳。

"来这儿之前，她住在一套小公寓里，一个亲人也没有。她一个人孤苦伶仃，身边只有扭仔陪着，扭仔就是她的全世界。"

"她走到哪儿手里都要拿张照片，扭仔就是照片上那只邋里邋遢的小狗吧。"我问道，心里稍微提起了点儿兴趣。

"她有很多张那只狗狗的照片，一张张给我看了不少。说实话，比利，我认为那只狗狗就是她一生的最爱。"

"那狗狗现在死了吗？"

"没呢。"面包姥姥小声说道，她说着话朝我靠了过来，环顾了一下四周，好像要告诉我什么高度机密似的，

“说起来挺悲惨的。来，喝点儿果汁，我跟你好好说说。”我端起一大杯利宾纳果汁坐了下来，听面包姥姥讲起了故事。

“呃，有个周日下午，吉本斯太太在她的公寓里煮汤，而扭仔像往常一样蜷缩在它的窝里。突然，扑通——她心脏病发作，倒在了地上。不过还好，她后来被送去了医院。这个可怜的女人，当时她的情况很糟糕，住了好几个月的院，医生都以为她熬不过来了。当她苏醒的时候，你猜她问起的第一件事是什么？”

“扭仔呢？”我说。

“猜得真对。”

“对啊，她的狗狗呢？”我的好奇心被唤醒了，面包姥姥还真是会讲故事。

她顿了一下，朝我靠近了一些，低声说道：“不见了！”

“什么？不见了？哪儿去了？”

“比利，谁也不清楚，救护车出现时狗狗就不见了。可即使是找到了也没什么区别，我们这儿不允许带宠物进来。但就算你这么劝她，还是不能让她感觉好过点儿。我每天都看到她哭，为她的那个毛茸茸的狗狗抹眼泪。她不在我这儿时，估计随时都在盯着窗户外面，想要再看到她的狗狗，但这根本就不可能。可怜的人啊，这就是为什么我经常邀请她过来坐坐，我想转移一下她的注意力。”

“肯定有办法找到，贴个寻狗启事什么的。”

“她把狗狗照片拿给这里的所有人看，让我们帮着找。但这压根儿就没用，是吧？我们这儿呀，谁不是头昏眼花的！比利，我跟你说过，她没亲人，没谁睬她。这事儿说起来还真是让人难过，是不是？但我就有福气多了，我还有你们。来，过来，过来抱抱面包姥姥吧。”

收拾苹果酥的碎屑时，我把我的决定告诉了面包姥姥，说我不打算去才艺秀上讲笑话了。听了这话，她看起来非常伤心，尽管我说我会上台打鼓，并且露出一副很兴奋的表情，好像这个选择更好似的。但面包姥姥不相信，她太了解我了。她知道我多想成为一名喜剧演员，她很想我能达成所愿。

我感觉很糟糕，觉得自己太让面包姥姥失望了。但我现在必须专注于乐队，我们首先得搞定彩排公演，然后才能着手准备最后的才艺表演，我不能在艾莉和其他人面前出糗。所以，对于面包姥姥脸上的难过，我并没有过多留意。

第二十三章

为什么数学书总是很烦人？
因为里面净是些问题。

“你喜欢什什什么？”当布莱克莫把数学书拿出来的时候，我开口问道。

“你想说什么？”他皱了皱眉头。

“你有什么喜欢的东西吗？然后我我我们可以用它来举例，让题目看看看看起来更有趣。”

“普林普顿，你永远没办法让数学变得有趣。”

“跟我我我我说说吧，要不然，我只好用小马来来来讲解了。”

“好吧，我喜欢游戏《我的世界》。”他说。

“还有别的吗？”

“没了。”

“好吧，这可可能有些棘手，因为这游游戏我没玩过。但没关系，你可以跟我说说。”

“《我的世界》你都没玩过？你比我想得还要奇葩。”

“威廉，跟别人不一样有什么不对吗？”奥修先生看着他的书，头也没抬地问道。

“没什么不对。”布莱克莫不情愿地说。

接着，布莱克莫便给我讲起了游戏。他讲得很带劲儿，而我也很快就听得入了迷。听着听着，我发现这游戏其实很像搭乐高积木，只是里面有很多不同的角色。这么说的话，我就有办法了，我可以用方块小人和敌对生物来举例讲解。

“我不会排列方块来闯关，”我说，“但你可以，所以我需要你来排列出一堵方块砖墙，好吗？”我跟他说有一种特殊的“神秘方块”叫作X，它可能比任何其他方块都要值钱。听到这儿，他说我说起话来简直跟他老妈一个模样。虽然这么说着，但他听得还蛮认真。接着，我又跟他说只有一种方法能找出这个X方块的价值。他翻了翻眼睛说：“是看其他方块的总数吗？”

一开始，简单的题目他做得还不错，但当我把Y也加进来时，他就脸红起来。我可以看出他逐渐变得不耐烦，只想放弃。随着压力变大，他能做对的题目越来越少。就在这时，铃声响起……奥修先生的话解放了我们：“小伙子们，今天干得不错，下周见。”

“普林普顿，你好像并没有放弃参加才艺秀。”布莱克莫一边背起书包，一边说道。

我暗自笑了笑。不管怎么说，我都有自己的办法参加才艺秀，反正具体内情他并不知道。但看他出门时朝我挥了下手，我于是也做出了回应说："回见。"话音未落，他的笑声从门外传来。

当我从奥修先生身边走过时，听见他平静地说："比利·普林普顿，你很不错！"

彩排日即将到来，音乐休息室里已被装扮一新，摆满了各种乐器。艾莉也在，正和她的两个朋友坐在懒人沙发上。当看到我时，她朝我挥了挥手。我真的很想过去和他们交谈，但不知为什么，我的耳朵发烫，觉得不大好意思。所以，我只是同样挥手回应。看到我朝艾莉挥手，斯凯拉顿时冲我做了个鬼脸。而当我告诉她关于乐队和才艺表演的事儿时，她顿时意识到了我有些不对劲儿。

"你要打鼓？"她盯着我，等着我继续说下去。但我并没再说别的，她于是开口说道："行吧，到时候我会来，来看你们试演。"但她听起来有点儿言不由衷。

我不敢去看斯凯拉的眼睛，她的眼神会让我想起往事。曾经，我站在舞台上，站在她的面前，结结巴巴地讲笑话……这让我尴尬无比。

音乐休息室里一片忙碌，感觉和平常不大一样，任何乐器你想试试都不是问题。乔希弹了弹个头儿巨大的低音大提琴，我敲了敲一套电子鼓。大伙儿甚至还搬来了一张桌子，上面堆满了饼干，而奥修先生则正在忙活着分发果汁。自从跟面包姥姥说了我不再表演喜剧之后，我的头一直有点儿疼，但我试着不再去想它。

很快，人们开始被邀请上台表演。有一对双胞胎，一个拉小提琴，另一个随着音乐做后软翻。真搞不懂他们，为什么要把小提琴和韵律操结合在一起。我真的不喜欢小提琴，它的声音让我的肌肉愈发紧张，对我的头痛没一点儿好处。紧跟着，有个女孩演奏了钢琴，她弹得真好，她的手指在钢琴上飞快地舞动，而且她的眼睛竟然一直闭着！在她之后登场的是一个玩杂耍的人，然后就轮到了我们——上场的第一支乐队。

我们合练过两次，但大部分时间都在胡闹。所以，能配合到什么程度我心里没底。我们只知道当我打出节奏时，亚历克斯会观察我的节奏，配合着按动琴键弹出旋律，然后其他人也跟着融入旋律。

奥修先生带着我们一起走到大家面前。他看起来很兴奋，并把我们介绍给了坐在懒人沙发上玩桌游的孩子们。在我看来，这似乎有点儿太过正式了。“女士们、先生们、男生们、女生们，所有的朋友们，你们可能知道，我是这个午间音乐休息室的负责人，跟常来这里的几个男生一起欣赏爵士乐。所以……”

说着，他示意我开始演奏。于是，我在节奏镲上打出了一组低沉的爵士乐节拍：叮叮——嗒叮叮——嗒叮叮——嗒叮叮……“各位，请伸出你们的双手，为‘常客乐队’加油吧……”随着奥修先生的话语，现场响起了稀稀拉拉的掌声。“我们的键盘手——亚历克斯！”考虑到我们其实什么都不太懂，眼前的这一切似乎有点儿过了，但奥修先生看起来却异常兴奋，“吉他手——马修！”我一边听着他的暖场，一边开始琢磨到底要演奏些什么，“贝斯手——乔希！”乔希像往常一样摇头晃脑，脸上挂着灿烂的笑容，“最后，还有我们的鼓手——比利·普林普顿！”说着，奥修先生示意我提高击打的音量，我于是赶紧照做。

嘣咚啪——嘣咚啪——嗒叮叮——嘣咚啪——

这感觉很不错，大家都在倾听。我不知道接下来将会发生什么，因为我们根本就没有计划。亚历克斯弹起了一小段循环的旋律，用琴声跟我的鼓声呼应了一会儿。然后，我听到乔希拨动了手里的低音提琴，把双低音节拍也加了进来。几分钟之后，我们几个的演奏汇聚在了一起。奥修先生站在最前面，吹着小号。他吹得真是太棒了，还在鼓和键盘的烘托下来了一段独奏。在那之后，其他人再度加入。我们合奏了！我们真的做到了！不需要任何语言，我能清楚地听到他们的节奏，也知道怎么配合他们。我不断地敲着鼓……忘记了观众。

演奏大概持续了五分钟。一曲终了，我们纷纷喘着气，开心地大笑了起来。我们互相拥抱并向观众鞠躬致意。我看了看艾莉和她的朋友们，他们都在鼓掌。这时，奥修先生又大声喊道：“请为‘常客乐队’欢呼吧！”

“常客乐队”……我琢磨了一下，我们的乐队用这个名字，还真是不错。

在我们之后登场的是一个魔术师，他变的戏法多多少少都出了些状况。然后是一个舞蹈团，他们总是搞错舞步，还互相争吵了起来。最后出场的也是一个乐队——酷玩青年，也就是我第一次遇见艾莉时，在音乐休息室看到的那个乐队。他们的演奏比我们好太多了！他们有一个主音吉他手，歌唱部分都由他完成。他的头发很长，长到遮住了眼睛，真不知道他是怎么看到琴弦的。他们还有一个留着黑色短发的贝斯手和一个红脸的鼓手。他们看起来像是高二的学生，但我不太确定。他们演奏了一首动静很大的摇滚歌曲，唱得很棒。他们的表演一结束，艾莉就使劲儿地鼓起了掌，还用手指吹起了口哨……我也想让她为我鼓掌，为我吹口哨。

最后，当再没人站出来表演的时候，奥修先生发表了一小段演说，称赞了所有的表演者："很显然，不管各位的水平如何，今天大家都很不错。如果你们喜欢今天的彩排表演，并且想把表演水平再提高一个档次，那么，十二月一年一度的'班纳谷，有天赋'才艺秀就是为你们准备的。"我看了看"常客乐队"的成员们，他们都竖起大拇指，朝我点头，"此外，我们当中的年青音乐人们，你们可以过来填张排练时段安排表。这样的话，你们就可以在正式演出前进行充足的练习！"

我看着身边的乐队成员，不禁觉得其实这样也许更好。我同样可以登台演出，观众也同样会为我欢呼，除了缺少笑话之外，这几乎和我最初的梦想一样美好，而且我的身边还有朋友陪伴。不过，我还是忍不住有点儿难过。

奥修先生接着说道："在过去几年的才艺秀上，我们欣赏到了很多精彩的音乐表演，也看到了各种各样的演员——舞蹈演员、魔术师、喜剧演员……"说到这儿时，他朝我挤了挤眼睛，"只要你能想到的，大家都欣赏过。"当他说到"喜剧演员"这个词时，我的心里咯噔了一下。我努力压下这种忐忑，假装若无其事地避开了他的眼神。他接着说："我们本地的新闻报社去年甚至还全程录了像！所以，你们可以在电视上看到自己。但最最重要的是，你们能体验到创造的魅力！"

在第二天的课堂上，奥修先生说看到我们的表演是他教学生涯中最美好的时刻之一。他看起来兴致很高，让我们发誓要组建一支名为"常客"的乐队。他还说："你们能偶尔邀请我来客串一下小号手吗？最重要的是，孩子们，别忘了你们都有一颗爵士之心。"就这样，我的替代计划顺利展开了。

"常客乐队"的首次正式排练非常有趣，地点定在我家。家里的车库现在成了老爸嘴里的"工作室"，他在里面安装了很多彩色小灯，还贴上了不少乐队的海报，看起来相当不错。我们没怎么合练，反而笑闹成一团。因为我给大伙模仿了一下兰德尔老师的言谈举止，逗得他们笑到喘不过气来。老妈拿零食过来时，发现我们几个在地板上打滚儿，笑到根本停不下来……

我抹着眼泪笑着说："马上，我们马上就排练，我保保证。"

"别傻了！"老妈回应道，"开心也是乐队的一部分，小伙子们，尽情享受吧。"她说这话的时候，我注意到了她脸上的表情，她的眼圈好像有点儿泛红。

老妈一直很担心我。自从"电击事件"发生之后，她甚至连卧室的门都不让我关，并且每天都要陪着我从面包姥姥那儿走回来。我不知道她认为我会做什么，但有人一直在盯着你，担心你，这太可怕了。当她看见我躺在地上开怀大笑时，我想她肯定是因为我开心而开心。我看见她擦了擦眼睛，但我笑得太厉害了，根本顾不上因此而尴尬。成了"常客"的一员，我的日子过得有趣多了。

也许事情本该如此，也许我一直都走错了路。反正现在我根本就不需要考虑什么摆脱口吃了。我只需要意识到喜剧脱口秀并不适合我，我其实应该做个鼓手。现在，既然我不再担心口吃了，那么这次才艺秀可能会比我想象的还要精彩。

第二十四章

棉花和钢琴有什么相同之处？
都能弹。

按照奥修先生的安排，我们在每周一和周三的午休时间排练。当我意识到我有可能再见到艾莉时，我的脑袋不禁有点儿发晕，想象出了一个场景——我们在排练，而坐在懒人沙发上的她在冲我们吹口哨。

在快速消灭掉盘子里的比萨后，我跟斯凯拉说了声“再见”，然后就跑去了音乐休息室。我们甚至还不知道要练习哪首曲子，但都很兴奋。我们提前五分钟到达了那里，正好赶上“酷玩青年”乐队的排练接近尾声。

我们几个走到了门口，看他们排练。当他们唱完，那个抱着吉他、头发蓬松的学长开口问道：“你们就是那天晚上跟奥修先生一起演奏的小伙子们吧？”我们都点了点头，然后他看向了我，“小家伙，你的鼓打得很不错。”我笑着摇了摇头。他拨了一下吉他弦，开口说道：“小伙子们，我们再来一遍，然后场地就归你们了。”

他们唱的还是那首歌，我在越野赛后和艾莉一起听到的那首。当他们进行到关键部分的时候，鼓手停了下来。他们又试了几次，直到鼓手扔下了手里的鼓槌。他看起来非常生气，满脸通红："我就搞不懂了！明明我更擅长键盘！"

吉他手脸上带着抱歉的表情，看了看我们说道："小伙子们，我们没能为你们献上一场精彩的演出，对不对？我们还是收工吧，今天到此为止。"

"说真的，山姆，我只想当回我的键盘手。"鼓手一边说着，一边背上了自己的背包。

就在这时，那个头发蓬松的学长眼睛直勾勾地看向了我，开口说道："小家伙，你想成为我们乐队的鼓手吗？"我不知道他是不是在开玩笑，但他就那么一直看着我，等待我的回答。

我笑了起来，瞥了一眼亚历克斯，他只是低头看着地板。乔希摆弄起了他的领带，而马修不自然地耸了耸肩。我忽然不知道该如何是好，只觉得进退两难。

"要是加入我们，就意味着你每天都得排练。"他一边拿起吉他盒，一边补充道。

就在我要说"抱歉，我不能加入你们"的时候，我的喉咙忽然被什么东西卡住了。我不能让我的朋友们失望，对不对？组建乐队参加才艺秀的主意最初可是我提出来的。但拒绝加入"酷玩青年"的话偏偏就是卡在嘴边，说不出来。这一次，不只是因为我口吃。我左右为难，脑子里很乱。

从我们身边走过时，那个头发蓬松的学长继续说道：“考虑考虑吧。我知道要你做出选择并不容易，但我们真的需要你这样的人。我们很快也会做一些带薪演出，所以你知道，这会像是加入一个正式的乐队。你们下次什么时候排练？”他抬头看了看时间表问道。

“周三。”我低声说。

“很好，先这样吧，等周三你再告诉我们你的决定吧。”吉他手冲我挤了挤眼睛，又朝乔希他们几个耸了耸肩致歉，沿着走廊离开了。

在那之后，我们的排练变得有点儿奇怪。我们曾经的兴奋忽然慢慢消失不见，大家心里似乎都有点儿难受。当我们开始演奏时，听起来好像我们以前从未碰过乐器……这感觉真是糟糕透了。我抬头瞄了瞄四周，希望没人嘲笑我们发出的可怕噪声。

就这样，没人吭声，我们勉强合练了十分钟。最后，亚历克斯站起来打破了平静。“比利，你怎么打算的？你要是加入他们的话，那我们待在这儿一点儿意义也没有。”

“对啊，”马修补充道，“跟不跟我们组队，你不说清楚的话，还继续一起排练确实有点儿傻。”

我看着乔希，他低头看着地板，好像想要躲进去似的。我不能这样对待他们，我暗自想道。组队这事儿是我发起的，所以我应该完成它。毕竟，他们是我的朋友，是我有过的第一批真正的朋友。

“当当当当然，我跟你们一起。”我尽量轻描淡写地说道，试图让自己听上去压根儿就没考虑过抛弃他们。然而，在当天下午和晚上，我一直忍不住去想成为“酷玩青年”的鼓手。

第二天上午，大家都去上课之后，我问奥修先生如果他是我会怎么做。

“天哪，伙计，这个问题确实很棘手啊，只有你自己知道你有多在意他们。这事儿你跟他们好好聊过吗？”

“没没怎么好好聊过。我跟他们说我要留下来。”

“你为什么跟他们这么说呢？”

“我不想让他们难过，他们是我的死党。”

“嗯，也许这就是你的答案。”

“是的，但但我又总是胡思乱想。昨晚我做了个梦梦梦，梦见我成了‘酷玩青年’的鼓手，我们还在温温温布利大球场公开演出。”

“哈哈！所以，现在你不知道该怎么办？是要友谊还是名利？”

“有点儿。”

“有时候，当我在一些重要的事情上左右为难的时候，我发现有个办法很有用——用旁观者的视角来看待这些事情，好像我并没有参与其中，好像我能总览全局，或者好像在看一个电视节目。然后，我想象自己分别做出两个选择，以及它们可能会如何发展。最后，我再决定我想成为什么样的人，做出最终的决定。我这么说，对你有帮助吗？”

“嗯，我想是的。”

在去上法语课的路上，我开始想象自己告诉他们我选择离开，他们听了都非常伤心。我想象乔希哭了，而亚历克斯不知道该说什么。我想象自己此后又独自一人，像过去一样孤独……然后，另一幅画面慢慢浮现。这是一幅来自我梦中的画面——一大群观众疯狂鼓掌，所有人都在欢呼：“酷玩青年！酷玩青年！酷玩青年！”

我不知道自己到底想成为谁。我不能两者兼得吗？既是个靠谱的朋友，也可以到其他乐队当个鼓手？

一整天我都在有意地避开他们，我总觉得他们能看出我的摇摆不定，能一下子就看出我很想要离开他们。和斯凯拉一起吃午饭时，她知道我不大对劲儿。“我觉得我更喜欢作为喜剧演员的比利，而不是脾气暴躁的鼓手比利。”她说，“你今天不打算说点儿什么吗？”

“抱歉，我总不不能一直心情都好吧！”话没说完，我就站了起来，草草地处理了托盘。我来到了楼梯转弯处，我曾待在这儿躲避布莱克莫。这一次，我想躲避的是所有人……现在的我，不知道该如何是好。

周三午餐时间到来时，我更是变成了热锅上的蚂蚁。我至少改变了一千次主意。每当我确信自己会做出正确选择，只想和朋友们待在一起时，我就会想到“酷玩青年”有多好。我的脑袋里乱作一团，嗡嗡作响。这声音淹没了一切，让我做什么都很难集中注意力。上地理课时我盯着窗外发呆，结果被格兰特先生狠狠地责备了一通。

“鲍比！请你别再做白日梦了，好吗？”他还是叫不出我的名字。

数学作业我也一点儿都没做。

“比利，这可不像你啊。”看了看我空空如也的作业本，兰德尔先生感慨道。午餐铃终于响了，这对我而言简直就是一种解脱。我身体中有一部分希望“酷玩青年”今天根本就不会出现，或者他们早就忘记了当初对我的邀请。当我们到达音乐休息室时，他们正忙着收拾装备。一看见他们，我顿时倍感煎熬。那个头发蓬松的学长抬起头，朝着我挥了挥手，开口说道：“鼓手，你要加入我们吗？你叫什么名字来着？”

“比比比比比利。”

“好吧，比比比利。你要在哪支乐队里打鼓？”当他说这话的时候，那个想弹键盘的鼓手忽然敲起了一阵连续低沉的鼓点……这使得周围的氛围更是压抑。

房间里的所有人都看了过来。

我瞥了一眼亚历克斯，他正朝我微笑。紧跟着，我又朝“酷玩青年”看去……我的视线在两队人马之间来回打转，一阵痛苦涌上了心头。我能看到桌子后面的奥修先生也抬眼看了过来。我拼命鼓起所有的勇气，想说出那句“抱歉，我不能”。但就在这时，我看到了艾莉，她正在音乐休息室的另一边跟一群高中生聊天。我想起了她是多么喜欢“酷玩青年”，想起了她把手指放进嘴里，为他们狂吹口哨。

我又重新开始想象我加入“酷玩青年”之后的生活，这些念头此起彼伏，剧烈地搅动着我的脑海……

每次午餐都跟艾莉待在一起……走在走廊上，所有高年级生都向你挥手，所有人都为你加油……大家都知道你是谁，但并不是因为你口吃……布莱克莫不会再找你麻烦了，如果你周围都是些高中生，那么没人会再找你麻烦了……摇滚比爵士酷多了……也许本来就该这样，这就是你生活发生转变的关键时刻。也许你本来就应该成为这样的人……

就这样，我的决定脱口而出。

“是的！”话语出口的时候，我的眼睛紧紧地盯着艾莉。然后，我回头看向了那个头发蓬松的吉他手，说道：“是的，我会加入你们，当‘酷玩青年’的鼓手。”我尽量不去看亚历克斯、乔希和马修，我也不想去看奥修先生，尽管我确实照着他说的做了，决定了我想成为什么样的人。

立刻，现场气氛开始变得尴尬。在经历了我一生中最漫长的静默之后，亚历克斯开口说：“没关系，比利，我不怪你，我们跟他们没法儿比。”但他说话的时候并没有看着我，他的眼神里泛着些难过。

“其实打一开始，我就不怎么想参加什么傻兮兮的才艺秀。”马修也跟着补充了一句，并不太自然地拍了拍我的肩膀。至于乔希，他看上去一脸的愤愤不平，完全没有像其他人那样试图隐藏自己的情绪。

“小伙子，你确定真要加入我们吗？”头发蓬松的吉他手说道，“我并不想看见你们之间闹得不开心，兄弟。”

我可以改变主意，继续和乔希他们待在一起。他们一直都是我的好朋友，是我真正拥有的第一批朋友。我记得我们的过夜聚会，记得我们在车库里开怀大笑。跟他们在一起又有意思又轻松自在。但我现在收到的邀请意义重大，不是吗？如果我不能再当喜剧演员，那么也许我应该开始认真对待打鼓，“酷玩青年”确实很棒。我的朋友们会想通的，他们还是我的朋友。

“是的。”我点了点头说道。但话一出口就不禁觉得心里发慌。

“好，这简直太好了！”乔希喊了起来，“比利，我以为我们是死党！我们这么做全都是因为你！”

“你们就不不不能自己继继继续组队吗？”我嘴上嘟囔着，心里却很清楚，没有鼓手的乐队根本算不上什么真正的乐队。

“得了，多谢你的关心，你这个白痴！”说完，他怒气冲冲地跑掉了。当其他几个人朝我耸耸肩跟着他离去时，我立刻觉得自己犯了一个巨大的错误。“欢迎加入酷玩，孩子，你不会后悔的！”头发蓬松的吉他手说道。可我却觉得我已经开始后悔了……

在那之后，乔希就再没跟我说过话，其他人则假装什么事儿也没发生过，但我知道事实并非如此。一切都变了……上周班课上，我问他们是否想到我家喝茶，他们都说很忙，可我觉得他们没说实话。

他们还是会和我打招呼，我也仍然会和他们坐在一起，但他们聊的话题我都不知道。就连他们在午餐时间玩的一些游戏，也总让我感觉是有意在针对我。有一次，他们聊起了午餐排队时发生的一些事。乔希说："比利，你跟你的新乐队那么忙，我们说的这些杂七杂八的小事你可没时间听。"他真的很喜欢弹低音提琴，所以难免对我的决定一直耿耿于怀。我想这也是他第一次发现，他身体的抖动有了用武之地。但老天爷啊，重新找个鼓手吧！就算没有我，他们也一样可以登台表演呀。我觉得这有点儿可悲，他们分明就是在嫉妒我。换了他们中任何一个，也都会做出跟我一样的决定。没有他们，我也一样会没事的，难道不是吗?

这就是我现在的生活——我成了另一个乐队的鼓手。"酷玩青年"这名字有点儿傻，因为我还算不上青年！但他们都是。他们说我们演奏的音乐是"独立音乐"，但我并不清楚那是什么意思。我觉得这音乐听起来就像我和老爸在车库里玩的东西。眼下"酷玩青年"主要翻唱一些歌曲，但我们也想唱自己写的歌。

我最喜欢的是"北极猴子"乐队唱的一首歌，里面有一段鼓点非常精彩，深得我心。乐队其他人都说我"获得了新生"，不管这意味着什么，反正我觉得这是件好事。

主唱兼吉他手山姆是乐队的头儿，就是那个头发蓬松的学长。他有个女朋友，我曾见过他俩在球场上手拉手。可能是因为当时我一直盯着他俩看，他的女朋友便对他耳语了几句，他于是回头看着我挥了挥手。然后，他俩都笑了起来。

贝斯手菲比是个女孩，但她说她真的不想做个女孩。她留着一头黑色的短发，校服在她身上显得很大。大家都叫她阿菲。

现在又做回键盘手的前红脸鼓手叫奥利，他弹键盘确实比他打鼓要好太多。奥利人非常好，他学打鼓纯粹是因为以前的鼓手离开了乐队。以前的鼓手脾气一直非常暴躁，总爱大喊大叫，所以他们投票开除了他。

老妈说我自从加入“酷玩青年”之后变得“易燃易爆”。她这么说让我非常郁闷，而老爸听了以后竟然哈哈大笑，像是完全同意她的看法。他们根本就不明白，我这并不是暴躁。只是跟以前不一样，我不再需要跟她谈论发生在我身上的任何一件小事。她却说这意味着我变了，变得粗鲁了，可我觉得这么说太不公平。她还说我离开“常客”那帮人太过“遗憾”，因为他们几个都是“真正可爱的孩子”。一听她说这些话，我就忍不住要抓狂。

布莱克莫也很久没捉弄我了。今天一起学数学的时候，我带了很多乐高积木供我们举例使用，他也带了一些《我的世界》角色模型。最终，我们数学题目没解几道，却瞎折腾了半天，建造出了一些不像样的东西。对此，奥修先生似乎并不介意。

布莱克莫不再那么可怕，可这却让我有点儿不大适应，好像眼前的一切或许只是个假象，他只是在糊弄着我玩儿。我仍然觉得他会从任何一扇门后面突然跳出来，会在任何一条过道里现身堵我。可他并没有，这让我心里总不踏实。就像恐怖电影里演的那样，一直惴惴不安比恐怖突然来袭还要难熬。我总觉得有不好的事会不期而至，但接下来会发生什么，我又无法预知。

第二十五章

我没有朋友，所以我羡慕鞋子。
因为离了任何一只都不行。

走进橡树园时，我浑身散发着食物的气味，这气味比平常浓了不少。面包姥姥喜欢品尝我每周亲手给她做的东西，今天我带的是食品技术课上做的蔬菜杂烩。她不仅爱品尝，还会装作自己是个主厨，对我的作品进行点评。迄今为止，她最喜欢的是鱼肉馅饼。我手上拿着锡箔餐盒和三个塑料小勺，想着吉本斯太太可能也要一起尝尝。耳机里播放着一首歌曲，是我们为才艺秀表演准备的新歌。

抬头看见走廊上的老妈时，我忽然意识到不太对劲儿。她一般不会在下午来看望面包姥姥，因为这个点儿是我的专属探望时间。她站在面包姥姥房间的门口，正跟护士说着些什么。当她转头看向我时，我看见她双眼通红，一脸悲伤。顿时，时间变慢了……她向我张开双臂。我摘下耳机，只听见她低声说道："出事了。"

我一下子就呆住了。老妈紧紧地抱住了我……当她拥抱我时，我明显感觉到她在颤抖。她泪流不止，我知道她肯定不是因为宽慰或者幸福而流泪，这种眼泪我以前从未见过，以后将会永留心底。

就在今天，面包姥姥去世了。

第二十六章

为什么医生只爱找香蕉聊天？

因为“一天一苹果，医生远离我”。

我记得面包姥姥搬进橡树园时的眼神——害怕。橡树园疗养院给人的感觉不大好，就像是个等死的地方，而她不得不住进这个地方。当时我本应该做点儿什么，当她满眼恐惧地看着我时，眼神里渴望得到我的帮助时，我本应该再主动些，恳求她和我们一起回家，一直求她……也许她当时就不会那么害怕了，也许她现在还活着，还握着我的手，听我给她讲故事。显然，这话我不会跟老妈说，不会跟任何人说。

我的脑子里全是面包姥姥的样子……当老妈抱怨我打鼓太吵时，她会站在老妈背后悄悄做鬼脸——模仿小飞象章鱼的表情。听了我的一个笑话，她会笑得捂住胸口，前俯后仰……这些回忆让我的嘴角不禁翘了起来。但当我意识到自己竟然在微笑时，我又猛地感到难过。现在这个时候，微笑和大笑都很不合适。我想，以后每当我微笑时，可能我都会不太好受。

面包姥姥走后的第二天，老妈敲开了我的门，坐在了我的床边。我正在读一本叫作《神奇动物》的科普书。这种时候读书似乎比较合适。不同的时候应该做不同的事情，我喜欢把它们区分开来。为了让自己头脑清醒，知道可以做什么，我特地在我的钉板上列出了一个清单：微笑=糟糕，大笑=糟糕，阅读=好。

我一直看书，这就意味着我不必去见任何人或者跟任何人“聊聊”。但这恰恰正是老爸和老妈想要我去做的。聊聊我的感受……可问题是我真的不知道自己有什么“感受”，我只知道很不好受，所以我不愿意开口。

有些话我真的不想说，而且永远不会跟任何人说，说我害怕自己再也遇不到像面包姥姥那样的人了，因为她能让我的口吃消失。我之所以不能这么说，是因为这听起来既愚蠢又自私，就好像我喜欢面包姥姥的唯一原因就是——我和她在一起时不怎么结巴！这个想法即使是想一下都让我觉得自己是个坏人，因为事实并非如此，根本就不是！我爱她，有太多太多的理由：

1. 她一直很高兴见到我。
2. 她一直对我很有耐心。
3. 她一直都很有趣。
4. 她听录音带时拍手的样子特别可爱。

5. 她比我更喜欢看《蓝色星球》。

6. 她敢说在别人看来“不大合适”的话。

7. 听我讲笑话她总是会开心地大笑。

8. 她总是深深地爱着我。

所以，我为什么要一直想我那可恶的口吃呢？但我的大脑偏偏就卡在了口吃频道。

琢磨我的口吃=糟糕。

老妈在我的床边坐了好一会儿，可我一直都在假装看书，一声不吭。她手里捧着个鞋盒，一个有着耐克标志的鞋盒。所以，我想她可能给我买了双运动鞋，好让我振作起来。这个想法几乎快要让我好受些了……我开始想象鞋盒里面的鞋子颜色，也许跟马修的那双一样。他有双很酷的运动鞋——鞋帮浅蓝，然后颜色往前一直加深，到鞋尖处渐变成了深蓝，鞋上还有个金色的耐克标志。可一想到马修的运动鞋，我顿时更加难过起来。我想看到他们——那几个“常客”乐队的家伙，我真的非常想念他们，尤其是现在。

这时，老妈轻轻地敲了敲鞋盒，开口说道：“这里面是些零零碎碎的小东西，都是面包姥姥收藏的，我想……你可能会想要看看。”我顿时心里一沉——我怎么会去想什么愚蠢的运动鞋呢？

想象一双新运动鞋=糟糕。

老妈给了我一个拥抱，她抱得那么紧，紧到我都快喘不过气来。不过，我没有阻止她，我觉得这对她来说比对我更重要。昨天我看见她在洗碗时又哭了，当时她并不知道我在那儿。我悄悄溜到了楼下，从厨房门缝往里面偷瞄——她呆呆地看向窗外，眼泪不断从她脸上滑落，双手泡在洗碗池里，一动不动。这很奇怪，好像她并不是真的在哭，她甚至都没有意识到自己哭了，但眼泪偏偏就流了下来。所以，她想抱我多久就抱多久，因为我知道她心里非常难过。

让老妈拥抱我=好。

我不准备打开鞋盒，因为一想到要打开它，我的胸口就痛，痛得我喘不过气来。但它就那么待在角落里，一直盯着我看。我试着把注意力集中在手里的书上，但任何文字或者图片我都看不进去。有这盒子在，我没法儿集中注意力。我又试着去看另一本书，但我的目光最后还是落在了那个耐克标志上——我想知道里面是什么。我随手扯过一条毛巾，扔到了鞋盒上，想把它盖住。但这让事情变得更糟，不知怎么搞的，它看起来更大了。我摇了摇头，深深吸了一口气——我不能再对它视而不见了，我要把它打开看看。

鞋盒里面有很多照片，有我写给面包姥姥的留言，还有我画给她的画。从小时候到现在，所有这些东西她全都珍藏着。

亲爱的姥姥：

我非常爱您，您是世界上最好的姥姥！谢谢您送我乐高积木，我很喜欢！

爱您的比利（6岁）

很显然，这封短信是我在她成为“面包姥姥”之前写的。我不知道自己为什么会把年龄写在上面，她知道我当时有多大。如果每个人都把自己的年龄写在信件和电子邮件上，这还真是难以想象。

亲爱的罗布森先生：

我饶有兴趣地读了您的信，并将在适当的时候予以答复。另，也向您致以最亲切的问候！

马尔科姆·米金斯（49岁）

又来了……我又在微笑了。这可不好，在脑子里写一封搞笑的信=糟糕。

盒子里有很多东西——我画的鲨鱼、我画的章鱼、我两岁时的手印、感谢信……我和她在旧公寓外面的合照，照片上我俩都面带笑容，她的胳膊搂着我的肩膀……盒子底部放着一个用白色丝带系着的小瓶，瓶里装着些贝壳。这是去西班牙度假时，我用零花钱买给她的。我觉得她成天住在小公寓里，会想要些从大海里带回来的宝贝。记得当我把贝壳送给她时，一滴眼泪从她的脸颊上滑落，她说她会“永远珍藏它们”。

这些东西我不想要，一样都不想要。这些东西不是我的，它们出现在我卧室里是不对的。这些东西不是我的！它们都是面包姥姥的，它们都应该和她在一起。

我把所有东西统统塞回了盒子里，扯过透明胶带一圈又一圈地把它紧紧地包裹了起来，直到用光了所有的胶带。我不知道该怎么处理它，但我知道我不能再把它拿在手上。我开始惊慌失措，呼吸急促……我打开衣柜，把盒子塞了进去，用我所有的厚衣裳把它盖上。然后，我砰的一声赶紧关上了衣柜的门，好像里面有鬼似的。我一屁股坐在了床上，不停地用鼻子吸气，用嘴呼气……就像苏教我的那样，在倍感压力时调整呼吸。我的心脏剧烈跳动，仿佛随时都会从嗓子眼儿里蹦出来。我失去了面包姥姥，一切都变得不同……她为什么就不能继续活着呢?

这时，地毯上的一张照片引起了我的注意，它一定是从盒子里面掉出来的。这是一张褪了色的照片，一只小狗正抬着头看向镜头。它浑身长满了黑色的茸毛，伸着舌头。我翻过照片，在背面看到了一行潦草的小字：我亲爱的扭仔。这照片一定是吉本斯太太送给面包姥姥的，但我不知道老妈为什么把它也放在了盒子里。

我小心翼翼地把照片钉在了我的钉板上，盯着它看了好长时间，想着面包姥姥说过的那句“她没亲人，没谁睬她”。看着看着，面包姥姥的样子又浮现在我眼前。我顿时一阵难过，我压根儿就不该想起那只傻乎乎的扭仔。

想着一只可爱的狗=糟糕。

我已经三天没有打开过衣柜了，我不想看见那个盒子。老妈问我为什么又穿同样的衣服，并对我说："去换身衣服吧，你可不小了，不能连续几天穿一样的衣服，会发臭的！"我不能告诉她真相，所以我上楼去打开衣柜的门，把胳膊伸进去，拽出了我摸到的第一件衣服。看着我身穿去年圣诞节穿的套头衫走下楼梯时，老妈的表情有点儿滑稽，但她没再吭声。

明天，我得回学校上课了。上周，老妈让我周四和周五都在家休息。但她现在又说："你得回归正常生活，这对你有好处。"当一切都如此不同的时候，我不知道自己该怎么做。我感觉什么都变了，我只想躲开所有人，避开所有事。

第二十七章

有个小孩朝我扔了一颗李子，为什么我会生气？因为那颗李子跟他本人一样，都不够成熟。

往往一件坏事发生，你就会发现其他坏事好像也都看到了机会，都要跟着发生。就连天气似乎也知道了我的感受，跟着雪上加霜。天色阴沉，雨已经连续下了五天没停。我觉得自己成了行尸走肉，独自在学校里走来走去，对任何事都提不起半点儿兴趣，活像个僵尸。

今天上英语课的时候，我被点到了朗读课文。每每开始讲一本新书时，英语老师总会让我们大声朗读。我们现在要读的是《远大前程》。这书真的很厚，有四百多页。书里说的是有个男孩想去伦敦改变他的生活。而我，也希望自己能去伦敦改变我的生活。

本来我还觉得英语老师她人很好，因为之前她从没点我朗读过，但今天她肯定跟我一样，心情不好。也许，她是被我传染了。

一开始，我读得还可以，可很快我就卡在了“皮普”这个词上。

“皮皮皮皮皮皮皮皮……”

接下来，我彻底卡住了，嘴里一点儿声音也发不出来。这感觉就像我掉进了一个捕熊陷阱，越是挣扎，身上的束缚反而变得越紧。我双眼紧闭，牙关紧咬，觉得完全无法控制自己。怔了好半天，我才读出了下一个字。

故事的主人公叫作皮普，所以我知道自己遇上大麻烦了。这个名字不断地跳出来，弄得我的朗读愈发糟糕。

“所以，我就自称皮皮皮皮皮皮皮皮皮皮皮皮皮皮皮皮皮皮皮皮普。然然然后别人也都叫叫叫叫我皮皮皮皮皮皮皮皮皮皮皮皮皮皮皮皮皮皮皮皮普。”所有人都咯咯地笑了起来。看得出来，他们都期待着我读到下一个“皮普”。

蒂普森夫人假装听不到大家的笑声，让我继续读了很久。亚历克斯、乔希和马修只是低下头，避免跟我的眼神接触。斯凯拉却一直看着我，等着我继续，脸上的微笑略带难过。这种感觉非常糟糕，我只想回家，回家就可以不用再看见任何人。

下课之后，走廊上的女孩们聚在一起，叽叽喳喳地低声议论着什么，我猜她们肯定是在说我。就在这时，凯·丹尼尔斯假装撞到了我，并且紧跟着说："对不起，皮皮皮普。"听到这话，女孩们顿时发出一阵哄笑。

于是，不少同学开始直接叫我皮普，甚至有些女孩也这么干。美术课上，苏菲找我借橡皮。当我把橡皮递给她时，她随口说道："谢谢你，皮普。"然后她竟然笑作一团，像是遇上了有史以来最搞笑的事情。

我没料到自己的口吃竟然会变得如此糟糕，我不禁想起了苏，想知道她是否真的定居在了海边。

周三的时候，布莱克莫的代数毫无起色。我问了他一个问题，上周他答对了，但这周又不会做了。真是烦人！我没办法继续教他任何新的东西，因为之前学的他会全都忘得一干二净。我很高兴自己的大脑跟他不一样，否则还真是让人沮丧。

当我对着他说出这句话时，他砰的一声扔下手里的书说道："哼，我也很高兴自己没长像你这样愚蠢的脑袋，皮皮皮普！"话音未落，他便怒气冲天地跑了出去，只留下我愣在当场。

正批改作业的奥修先生抬起了头："怎么了，比利？你们俩的关系不是好了很多吗？"

布莱克莫最近一直没招惹我。我仔细回想了一下，即使之前在我朗读《远大前程》陷入窘境时，他也没有跟其他人一起嘲笑我，当时他甚至看起来还有点儿生气。

"老师，我也不不不知道刚才……我为什么会说那种话。”我说。

“比利，你跟他说什么了？”

“我我说我不不想要他的大脑。”

“哦，我明白了。”

“老老老师，我也不不不知道自己怎怎怎么了，我让所有人都很不开心。”

“比利，这一点儿都不像你，是吗？”

我摇了摇头，伸出双手捂住了脸。

奥修先生继续说道：“比利，有时候，事情不大顺利时，我们会把情绪发泄到离我们最近的人身上，即使我们并不是故意的。所有人都有过这种经历，可重要的是，从现在开始，你得知道怎么做才是对的。”

“我不知道该怎么做，我永远也不知道该怎么做。”我捂着脸啜泣道。

“你经历了很多事情，小伙子，别对自己太苛刻了。”

“我就是什么事也做不好……”

“你会让自己重回正轨的，我对此毫不怀疑。有时候，只是需要再多一点儿时间。”他说道。当我坐在那儿想着什么才是正确的轨道，想着我是否能再次开心起来时，上课预备铃声响了。学生们涌入教室，我不得不擦干眼泪，去上我的法语课。

我差点儿要走过去跟布莱克莫道歉，但他没有抬头，所以我径直走过了他的课桌。也许，我不需要说抱歉。我的意思是，过去他对我做了那么多。在他眼里，我并不是坏人，对吗？

午休排练的时候，乐队成员们争吵了起来。赶到排练现场时，山姆看上去心情很不好。在接下来的排练中，他更是演奏得一塌糊涂。当他忘记歌词时，他忽然嚷嚷了起来：“我不想再在这个愚蠢的乐队里待下去了，这一切毫无意义！”

奥利的话更是火上浇油。“得了，伙计，我知道你跟蒂娅分手了，但别把火撒在我们身上！”他咧嘴笑着说道。

山姆立刻冲着奥利就是一通咆哮：“我的事儿与此无关！你根本不知道自己在说什么，我是在说这个愚蠢的乐队，我们永远也没办法准备好演出！看看我们吧，贝斯手是个彻头彻尾的失败者，鼓手是个连话都不会说的小屁孩，我看我们还是改名叫怪胎乐队好啦！”

乐队里从来没人提到过我的口吃，所以，我一直都在自欺欺人，以为他们根本就没有注意到过。这就是我选择当鼓手的全部意义，因为这样的话就没人会注意到我。

我满脸通红，低头看向手里的鼓槌，极力掩饰自己的情绪……我的胃里有什么东西开始往上涌。阿菲也低头盯着地板，而奥利则彻底爆发了。

“山姆，你怎么说话呢？你让所有人都难堪，你看看他们！”他指着我和阿菲说，“去好好反省一下你自己！”

山姆抓起吉他，冲出了音乐休息室。

门关上后不久，在门上的小圆窗处，我看到有人朝屋里看来。怔了一下，我意识到了那是艾莉！她怎么偏偏在这个时候出现?！为什么其他几次排练她不来观看？这真是太不公平了。我希望时光能够倒流，我想改变眼前的一切。事情本来不该如此，这跟我最初计划的完全不同。但当我再次看向小圆窗时，她已经走了。

奥利告诉我们别太在意，他说山姆过几天就好了，但为时已晚。胃里的那种感觉已经进入了胸腔，我喉咙发紧，喘不过气来，只觉得整个人彻底被压扁了。突然，完全不受控制地，有什么东西从我嘴里喷涌了出来——我吐了，吐在了鼓上，吐在了鼓槌上，吐在了校服上，吐得到处都是……

奥利惊叫了起来："噢，天哪，比利！"

阿菲捂上嘴巴，推门离开了。

懒人沙发上的一些学生喊叫了起来："哇！皮普吐了！"然后纷纷发出干呕的声音。

我扔下鼓槌就跑，跑出音乐休息室，跑过了艾莉和她的朋友……跑出了教学大楼，跑到了外面……我一直往前跑，直到我喘不过气来，扑倒在了网球场旁边的草地上。

"为什么！"我在风雨中尖叫，"我再也不想做我自己了！"我对着草地抽泣，"我再也不想做比利·普林普顿啦！"我一遍又一遍地哭号，"我再也不想做比利·普林普顿啦……"直到忽然有只手轻轻放在了我的背上，我才停了下来。

是艾莉。

她坐在我身边湿淋淋的草地上，什么也没说。最后，我抹了抹眼泪，坐起了身。我俩看着眼前空荡荡的网球场，就那么看着，好像要一直那么看下去。

“有时候，生活确实太过可恶，是不是？”她说。

我只是点了点头，用我那条让人恶心的袖子抹了抹鼻子。我不在乎她看到我这副模样，我真的什么都不在乎了。

“我老爸总是说：‘只要你昂首挺胸，一步紧跟着一步，不断向前，你眼前的风景——终将改变。’”说着，她的胳膊搂住了我的肩膀，头挨在了我的头上。刹那间，我从未有过地心神一颤……我眼前的风景顿时有了一丝不同。

第二十八章

有时候，我会低下脑袋，弯曲膝盖。
我不是要投降，而是准备滚滚向前……

一步紧跟着一步，不断向前，这让我到达了现在的地方，这让我看见了眼前的风景。

奥利是对的，两天之后，山姆回来了。我们又重新开始合练，但感觉总有些不太对劲儿，大家都很尴尬。阿菲和我有同感，这我看得出来，她看起来比平时更别扭。我真的很怀念和亚历克斯、乔希和马修一起玩桌游的时光。现在他们只是偶尔抬头看着我排练，但每次我看向他们时，他们都会连忙移开目光。就连斯凯拉似乎也不怎么和我聊天了。当知道我抛弃了“常客”之后，她说了句：“哇，你不像是会做这种事的人啊。”

“呃，也许我想与与与与众不同。”我说。

“比利，你本来就与众不同。你都好几个星期没跟我讲笑话了，你还好吗？”

“嗯，当然还好啊。我加入酷酷酷酷玩青年乐队了！”

“你觉得好就行。”说完，她走进了教学大楼。

尽管有了乐队，但我现在一直觉得特别孤独。我非常想念面包姥姥，而且我的胃里始终有种怪怪的感觉，我总是担心自己可能会再次呕吐。我尽了最大的努力不去想它，只是试着抬头挺胸，继续迈出下一步。

放学以后，我决定到橡树园外面看看。我也不知道为什么会想去那里走走，或许我觉得这能让我离面包姥姥近点儿，让我再不那么孤独……当我抬头看着橡树园的红色砖墙和整洁的草地时，我看到有人在一楼的窗户处向外张望，朝我招手。

有那么一瞬间，我觉得那是面包姥姥。但我又看了看，发现是吉本斯太太。她好像很高兴看到我，我知道她整天都坐在窗口，就像面包姥姥说的那样，希望能看到她的狗狗。我也向她挥手，想象着扭仔的小脸从我的钉板处向外张望。我一边这么想着，一边朝着她走去。当我靠近窗边时，她已经设法打开了窗户，抬起了她那双瘦骨嶙峋的手臂。

“比利！你这个可怜的小家伙，”她一边说着话，一边握着我的手，“我们都非常想念她。”她热泪盈眶地继续说道，“你这个可怜……可怜的小家伙。我知道想念一个人是什么感觉。比利，老天爷真是太狠心了，不是吗？”

“是是是的，老天爷太狠狠狠心了。”我试图忽略喉咙里的哽咽。

“在扭仔之后，你的面包姥姥就是我最亲近的人了。她是一个多好的人哪，非常善良。比利，有需要的话你可以跟我聊聊，想什么时候来找我都行，我会非常乐意的。”

在这一刻，我忽然清晰地意识到了我为什么要来这里。我向吉本斯太太保证说我会回来看她，然后撒腿就跑。我以最快的速度跑回了家，径直冲上楼跑进了我的房间。

“比利，你慌慌张张地干什么呢？好几个星期没见你跑这么快了。”我手里抓着那张照片冲到楼下时，老妈好奇地问道。

“我得找到这只狗！”我气喘吁吁地回应道。

“你在说什么？找谁的狗？”

“谁的狗不重要，怎么做才能找到一只失踪的狗？”

“比利，你不能带只狗回家里来。我们之前不是已经说好了吗？这事儿绝对不可能……”但她后面的话我已经听不到了，因为我抓起了背包，一溜烟地跑出了家门。

在去图书馆的路上，我想过是否可以请斯凯拉帮忙。但转念一想，我觉得她可能不再把我当朋友了，所以最后我还是决定自己干。到了目的地之后，我便请人帮忙复印。我的钱包里只有一英镑，没法儿复印太多，但这只是我的第一步尝试。

“好的，你想复印点儿什么呢？”一个头发稀少的服务人员走过来问道。我把照片递给了他。他笑了笑接着说道：“真是个可爱的小家伙！但有个问题，这张照片颜色太暗，都褪色了，印出来的效果估计不大好啊，要不我们先印一张试试？”我点了点头。

一道明亮的光线在复印机上一闪而过——可复印机吐出来的纸张完全没法儿看，压根儿就看不清楚扭仔的模样，完全是漆黑一片。我的脑袋顿时就耷拉了下来，深深地叹了口气。

“小伙子，别担心，总会有办法的。你复印这个是要派什么用场？”

“我外婆的朋朋朋朋友的狗丢丢丢丢了。”

“哦，你是想找到它对吧？”

“是的，我本本本来打算做寻寻寻寻狗启事。”

“你试过找皇家防止虐待动物协会或者动物收容安置中心帮忙吗？”

“没呢。”听他这么问，我又重新振作起来。

“呃，上网搜索一下吧，你可以给他们打个电话寻求一下帮助。我知道离这儿不远有一个‘米尔布鲁克猫狗之家’，还有其他很多收容动物的地方你都可以去问问。我肯定你会找到它的，祝你好运！”

很快，我就列出了七个可以咨询的地方，皇家防止虐待动物协会是我的第一个目标。在我从包里拿出手机的那一刻，我几乎又想给他们发电子邮件。打电话仍然是我的头号噩梦！不过，我等不及电子邮件，那可能需要等几周时间才能收到回复，可我现在就需要有人能给我答复。

“你你你你好，我在找找找找找找找一只狗狗狗狗狗狗狗狗狗狗狗。”我开口问道。

最后，我放下手机，感觉这是我打过最长的一次电话。他们那儿没有扭仔。当打到第六个电话时，我差不多要绝望了。但奇怪的是，每打完一个电话，下一次都会变得更容易一些。

“你好，这里是米尔布鲁克猫狗之家。”电话里传来了一句异常欢快的问候。

“你你好，我在找找一只狗狗。”我说。

“你的狗狗什么时候丢的？”那个声音问道，语气里满是关切。

十分钟后，我紧握着照片朝着米尔布鲁克猫狗之家跑去。那位女士说，几个月前，他们收容了一只狗狗，听上去很可能就是扭仔。

“你把照片拿过来，我们可以看看是否匹配。”

“好的，”我连忙说，“我现在就过来。”

“我们再过半小时就要下班了，所以请尽快！”

跑着跑着，我彻底迷路了。绕着一处住宅楼跑了两圈，我才发现墙面上有个标志牌，上面画着一只狗和一只猫。跑进猫狗之家时，我汗流浃背，筋疲力尽，而他们马上就要下班了。

“你来啦！”电话里那个欢快的声音再次响起。我抬起头，看到前台处的一位女士正朝着我微笑。她戴着一副镜片厚厚的眼镜，头上裹着一条彩色的头巾。我给她看了照片，她立刻咧嘴笑着说道：“对，就是它，这狗狗在我们这儿的时候非常可爱。”

“你是说，现在它不在你们这儿？”我问。

“确实不在。”她回应道，厚厚镜片后面的眼神里闪出了一丝忧虑。“哦，不，”我自言自语道，“别告诉我它死了，我该怎么跟吉本斯太太交代呢？”就在这时，那位女士继续说道：“我们一般会收留狗狗四个星期，在此期间它们的主人要是没有出现，我们就会找人领养它们。这样的话，我们就能给它们找到一个能够长久待着的新家。这个狗狗很可爱，它被人领养的时候，我们都很舍不得。”

“但但是，吉吉本斯太太怎怎怎么办呢？”我说，“她非非非非常想念她的狗狗。”

“吉本斯太太是你外婆的朋友，对吗？”我点了点头，不知道接下来该怎么做。我究竟是怎么想的呢？她没办法重新跟她的小狗待在一起，橡树园肯定不会允许。还有，它的新主人可能也不想送还它。突然，我觉得自己太过天真，很愚蠢，因为这事儿我想得太过简单。我不自然地伸出双手，捂住耷拉了下来的脑袋。

“不如我先弄点儿果汁和饼干来，你可以跟我好好聊聊，然后我们再想想办法。你觉得呢？”我点了点头，试着朝她笑了笑。

“我叫帕特西·阿诺德。”说着，她伸出了手。

“我叫比利·普林普顿。”我一边和她握手一边回应道。

第二十九章

牧羊犬：主人，四十只羊都在这儿了。

农场主：但我数着怎么只有三十九只啊？

牧羊犬：还有一只在我肚子里。

昨天，班纳谷才艺秀的节目单出炉了，出现在了餐厅外面的布告栏上。我们的节目被安排在了最后一个出场，紧跟在莫莉·霍尔韦尔的表演后面。我在食品技术课上见过她。她个头儿很小，但头发很长，长得你都可以坐在上面打秋千。她的表演是和她的狗狗一起跳舞。才艺秀里没有其他乐队表演，只有一些自备伴奏的演唱，这在我看来没什么意思。另外，节目单上还有不少舞蹈、一个魔术表演和一个柔术表演，但没有喜剧表演。我又仔细看了一遍，节目单上只有我们一支乐队，我们肯定能让人耳目一新。

在去最后一次排练的路上，我看见了艾莉，她正沿着走廊向我走来。我本想转身朝另一个方向溜走，但她已经朝我挥了挥手。那天我出了糗，还在网球场上和艾莉一起看了风景。在那之后，我就再没看见过她。

“嘿，比利！我正在到处找你呢！”

“找我？真真真的吗？”

“当然啦。我看到了节目单，你要登台表演，对不对？我想来跟你说祝你好运！”

“嗯，哇，好的……”

“祝你好运！”说着，走廊上的她又挥了挥手，红色的发丝在阳光下微微颤动。

整个学校都会来观看才艺秀，所有人都兴奋不已，不停地谈论着这即将到来的演出。

真不敢相信才艺秀就在明天。据说现场会设一个抽奖点，还会派发用柠檬、糖和丁香做的圣诞可丽饼。艺术部正在赶制一个巨大的背景幕墙，上面全是星星。报社媒体也会到场拍摄，而老爸正是这次活动的摄影师！

乐队里的每个人都会穿圣诞套衫登台，于是放学后老妈带我去买。我们每年都会来一场圣诞大采购，这已经成为我们家的传统项目了。她想让我买一件上面有圣诞树图案的套衫，但那套衫上挂满了傻兮兮的绒球，所以我说：“没门儿！”绒球跟摇滚乐根本不搭！后来我挑了件黑色的，上面印着一只戴着红色圣诞帽的银色霸王龙。圣诞套衫能设计成这样，我觉得相当不错。克洛伊则买了件粉色的，上面印着一只驯鹿。在我看来，粉色不是圣诞节的专属颜色，但她不仅不听，还一直叫我闭嘴。最后，老妈压低了声音假装生气地说道：“比利，黑色也不是圣诞专属色！别惹你妹妹。”

采购结束，我们又去喝了热巧克力。老妈问我们要不要去看看商场里的圣诞小屋，我说：“不！”但是克洛伊却闹着非去不可。所以，我不得不排了半个小时的队，在一间铺满棉花和丝绒的小屋里，看到了一些样子很悲伤的小精灵玩偶和一个由人假扮的圣诞老人。他问我们圣诞节想要什么，毫无疑问，克洛伊又说她要一匹小马。从三岁起，她每年都说要一匹小马，她似乎不明白她的这个愿望永远也不会实现。

当被问到“年轻人，你呢？你的圣诞心愿清单上有些什么？”时，我很想说我只是来陪妹妹的，而且我早就长大了。但我只想尽快离开，就说我想要一台唱机和一些黑胶唱片。他说：“哇，以前从来没谁跟我说想要这些东西！你是个很酷的小家伙，我一定会尽力帮你解决的！”他听起来一点儿也不像圣诞老人，满口的苏格兰口音。在他那松垮垮的红袖子下面，我还看到了他手臂上的文身！但我其实并不介意。

在回家的路上，老妈低声说：“谢谢你跟我们一起去了圣诞小屋。我知道你现在已经长大了，有些事已经不太适合你了。”

“没关系，老妈，我挺喜欢的。”确实如此，我没有撒谎。和老妈还有克洛伊在一起真好，做我们每年都做的事情，我感觉很有安全感，好像什么都没有发生变化，但其实，一切都已经悄然不同。在回家的公交车上，我的手机忽然响了，屏幕上出现了“米尔布鲁克猫狗之家”的号码。

“你好，帕帕特西。”我压低嗓门说道，试图不让老妈和克洛伊听见，但我已经看到了她俩冲我板起了脸。帕特西告诉我都已经安排好了，一切按计划进行。我连忙回应说：“太棒了，我们待会儿见。”

两个小时后，我来到了橡树园的拐角处。我不停活动着身体，好让身上保持暖和。我来得有点儿早，只是为了看看吉本斯太太是否像往常一样看向窗外。果不其然，当我的视线望过树篱时，我看到了她那张悲伤的脸。我非常兴奋，我马上就能让她超级开心了，这感觉很棒。

就在这时，我听到了帕特西和扭仔朝我走来的脚步声。扭仔走在前面，一靠近我就立刻在我的脚边嗅来嗅去，还时不时地用它那毛茸茸的小身子在我腿上蹭来蹭去。

“你好，扭仔！”我说。听到我的话，小狗立刻就昂起了它那张滑稽的小脸，目不转睛地盯着我看。我一下子就明白了吉本斯太太为什么那么爱它。“你好，好孩子，待会儿有人看见你会非常开心的。是的，非常开心！”

“我告诉过你它非常可爱！”帕特西笑着说，就在这时，扭仔开始舔起了我的手掌，“以后每周四这个时候，狗狗的新主人说可以带它来这里，你看行吗？”

“行，非常完美！”我说。

“确实，他们反正也要找人带它遛遛。而且，当我跟他们说了这个故事之后，他们也很难过。所以，但愿这么安排能皆大欢喜。当然，也包括你，扭仔。”帕特西一边说着话，一边抚弄着狗狗脖颈上的皮毛，“那么，狗狗的原主人在吗？”

“在，都准备好了。我们走吧！” 帕特西把牵狗绳交到了我的手里。

吉本斯太太看到我们时，我的心里其实有点儿怕，我怕我们会让她心脏病复发。我看见她紧紧地握着手里的水杯，颤抖着的嘴唇不停地念叨着“扭仔”这几个字，泪水顺着她那遍布皱纹的脸颊流淌下来。她的身影从窗口消失了，我们朝着橡树园大门走去，知道她此刻正在往门口赶来。

一看到吉本斯太太，扭仔立刻就兴奋了起来。它疯狂地扯拽，以至于牵狗绳都从我的手里滑落了出去。它穿过了大门，朝着前台奔去。等我们赶到时，就看见吉本斯太太几乎趴在了地板上——扭仔在她的怀里激动不已，使劲儿地舔着她那张化了浓妆的脸颊，弄得她像个小女孩一样咯咯直笑。

“我再也没办法自己爬起来了，是吗，比利？从沙发上站起来都已经够难的了！”

我们把关于扭仔的安排告诉了她，告诉她每周都能看到她的狗狗。她抓住了我的手说：“比利，你外婆总是跟我说你是个多么了不起的孩子。真希望她现在也能在这儿，真希望她能看到这一切！”

“我也希望她能看到。”我说。

看着吉本斯太太坐在地板上，看着她轻轻抚摸着扭仔蓬松的皮毛，我不禁觉得奇怪——以前，我怎么会一直都害怕她呢？

“我跟你说啊，每周能见你和这个毛绒球一次，我的生活会大大的不同。非常非常感谢你！”说着，她抓住了我的手，一次又一次地亲吻我，“谢谢你，比利，谢谢你，谢谢你……”一遍又一遍，她说个不停。就这样，我们坐在那儿。我握住吉本斯太太布满皱纹的手，抬头看向帕特西，她正朝着我们微笑。在这一刻，我感觉特别美好，好久好久没这样过了。

第三十章

什么歌最好听？
自己唱的歌。

我们将会演唱两首歌，一首是“北极猴子”乐队的歌，另一首是我们才合练不久的《少年心气》。山姆之所以选择涅槃乐队的这首《少年心气》，是因为他觉得这歌和我们乐队的名字比较契合。阿菲拒绝穿圣诞套衫上场，所以，她还是穿了身平时穿的宽松黑衣。此刻，她正准备往她的贝斯上贴一些金属片。看了她一眼，我的心里不禁暗自着急，等她全部贴好……估计学校就要放假了。

在后台走廊里候场时，我透过幕布悄悄向观众席看去——艾莉和她爸爸坐在第二排，老妈和克洛伊坐在后面几排。观众太多了！看起来有好几千人，整个剧场人声鼎沸。舞台边上，奥修先生和爱博尔女士站在一起……我的眼神在观众席上一排一排地扫过，想找到那些我认识的人。我看到了很多很多我从没见过的面孔，当然，他们也不知道我是谁。我没看到亚历克斯和乔希，但我看到了高人一头的马修。斯凯拉站在剧场后面，她的头发看起来像是很认真地梳理过。然后我继续寻找，有那么一刹那，恍惚间我仿佛看到了面包姥姥。

莫莉的表演开始了，但在我看来，她的狗狗似乎训练得并不怎么好。她不停地朝它大喊大叫，结果最后狗狗竟然跑到了舞台正中间，对着麦克风支架撒了泡尿。观众们哄堂大笑，笑声非常响亮，听起来很是刺耳。莫莉走过去批评了小狗一通，然后把它抱在怀中，朝观众鞠了一躬，但没人鼓掌。然后，她走下了舞台，一脸慌乱。

几个负责道具的高中生挤开了我，冲上了舞台。他们拿着几卷纸，手忙脚乱地在舞台上清理了起来。观众们顿时又是一片躁动，闹哄哄地折腾出了不小的动静。毕竟，他们已经坐了两个小时了，我觉得他们也确实需要找些乐子。

就在这时，该来的还是来了。

站在防火门边上的山姆忽然抬腿朝停车场走去，我以为他只是因为紧张或者想热热身。阿菲、奥利和我也都在踱来踱去，不知道该对彼此说些什么。我又瞥了一眼后台，看到负责道具的人撩起了幕布，正在把架子鼓搬上舞台。

“马上就要登场了。”我低声对奥利说。话音刚落，就听到身后防火门砰的一声被猛地关上。我回头一看，是山姆。他站在我们身后，手里拿着手机，看起来怒不可遏。

“你怎么能这样对我？”他朝奥利嘶吼道。奥利似乎马上就明白了他在说什么，接着耸了耸肩，低下了头。他看起来像是做错了什么。我却一头雾水，满心疑惑。此时此刻，山姆看起来跟平时完全判若两人，活像一只发狂的野兽。

山姆狠狠地推了奥利一把，差点儿把他推倒在地。我吓坏了，浑身发抖，完全搞不清楚山姆为什么发这么大的脾气。但不管怎么说，我想保护奥利。于是，我站在了他们两个中间。

“山山姆，冷冷冷冷静！”我结结巴巴地说道。但山姆不听，把我也推到了一边，继续走向奥利。奥利刚要站稳身子，可就在这时，山姆抡起拳头，狠狠地砸在了奥利的脸上。

一拳打在脸上，这情形我以前从没亲眼看到过。我能听到拳头砸在脸上发出的闷响，这声音我永远也不会忘记，听上去非常恐怖。奥利顿时双手抱头，弯下腰来。我朝着山姆尖叫了起来：“别碰他！别碰我们！行吗?！”

山姆飞起一脚，狠狠地踹在了我们身边的墙上。他踢得太过用力，让我感觉他很有可能会伤到自己。紧跟着，他一瘸一拐地打开防火门走了出去，还猛地撕下了身边墙上的一张海报。

奥利一脸歉意地看了看我和阿菲，耸了耸肩说道：“对不起，伙计们。”他一边跟我俩道歉，一边揉了揉我的头发，“感谢你挺我，小家伙！”说着话，他也沿着走廊往外走去，用手捂住正往外冒鲜血的鼻子。

我不知道到底出了什么状况，怔怔地看向了阿菲。她的眼睛死死地盯着地板，咕哝道："照这样看，应该是山姆的女朋友蒂娅跟奥利好上了，而这也就意味着咱们的乐队……完蛋了。抱歉，比尔。"说完，她也跟在奥利的后面离开了。

刹那间，我心跳加速，冷汗直冒，整个人如五雷轰顶。当我再次看向后台时，我看到那几个高中生正在把麦克风架设在舞台中央。"酷玩青年"乐队已经彻底完蛋了！而现在，班主任即将要介绍的乐队只剩下了我一个。我的脑子里一片空白，完全不知道该如何是好。

就在这时，我听到了一阵急匆匆的脚步声，亚历克斯沿着走廊朝我跑了过来。"刚才我在厕所里看到了奥利，他现在整个人弄得一团糟。你，你没事吧？"我看到他的眼神里满是关切。事实上，他仍然关心着我。这让我的喉咙里立刻一阵哽咽，往事顿时浮现在了我的眼前。

面包姥姥……拉钩承诺……我失去了我最好的朋友们……布莱克莫……一幕幕的往事让我百感交集。

亚历克斯跑过来给了我一个拥抱。

"我非常抱歉。"拥抱过后，我看着他说道。我抬头看向了他的身后——我看到了乔希、马修和斯凯拉。

"我们想祝你演出顺利。"马修说，"怎么了，乐队其他人呢？"

“他们演不了了。”亚历克斯看着大伙儿说道。

看着他们，我低声说道：“我是个很糟糕的朋友。”我的目光与乔希的目光相遇。“我真的非常抱歉……”

他只是耸了耸肩，说道：“我们一直都很挂念你。我们挂念你，也想念你的笑话。现在，舞台准备好了，你打算怎么办？”

就在这时，斯凯拉从她的背包里拿出了一样东西——我的笑话书！

“你怎怎怎怎么会……？”

“我在观众席上看到了你妈妈。这是……她从垃圾桶里找出来的，她也很担心你。”说着，她把书递给了我，“比利，我觉得你应该这么做——到台上去，好好让他们瞧瞧你的本事！”

我接过笑话书，点了点头。她立刻给了我一个大大的拥抱，抱得我的脚都离开了地板。“放放我下来，”我假装喘着气说，“我喘喘喘不过气气气来啦。好啦，你一个人把他们的拥抱额度全都用完了。”一听这话，大伙儿顿时都笑了。“比利回来了！”斯凯拉松开了手说道。在这之后，他们就都回到剧场里去了。我看了看舞台，然后又看向空荡荡的走廊。

我有两个选择，我的脚可以踏向两个不同的方向。就在这时，布莱克莫出现在了防火门边上，挡住了其中一条路。他站在那儿，背靠在墙上，低头看着自己的鞋子。

我打开了手里的笑话书，老妈那漂亮的艺术体笔迹映入了我的眼帘——护封里夹着张纸条，上面写着：请别忘了，你所说的每个字都很重要。

一瞬间，我知道我必须要做些什么了。

一张脸从后台侧门探了出来，为我把门彻底打开，并向我竖起了两个大拇指。紧跟着，班主任的声音响了起来："下面将要登场的，是即将为我们献上今晚压轴表演的、一支非常了不起的乐队——'酷玩青年'！"观众们开始鼓掌，而我则走向幕布。走在木质的舞台上，我能听到脚下发出的响亮声响，也能清晰地感受到我怦怦的心跳。一步紧跟着一步，我不断向前。没走出几步，布莱克莫的声音忽然从我身后传来："比利！"

"嗯？"我扭头看了看他。

"对不起。"他说。

"这话……我也想对你说。"

"你知不知道……如果你不想的话，这事儿你不做也行。"

"我知道。"

他伸出手来，我握住了他的手。

我出现时，整个剧场忽然一片寂静——我不是他们期待已久的人。很快，观众席上便响起了一阵低声议论，其中还夹杂着一些座位翻动的声响。我试着继续往前走，试着一步紧跟着一步往前走。但我的整个身体僵住了，无法动弹。我没有计划好如何开场，或者说些什么。我看着面前的观众，从舞台上看下去，就像是正对着成千上万张面孔，这些面孔像是都没在看我，都对我不感兴趣。这情形，很像我曾经做过的一个糟糕的梦，而现在，那个梦正在慢慢变成现实。

剧场里的人很多，连最后面没有座位的地方也靠墙站满了人。我还看到了老妈和克洛伊，她们端坐在座位上。老妈脸上带着微笑，那种微笑我每次去做言语治疗时都能看见。克洛伊的膝盖上放着她最喜欢的毛绒玩具小马。在她的身旁，我还看见了老爸。镜头后面的他向我竖起了大拇指，但显然，他的脸上也带着大家都有的疑惑——为什么舞台上只出现了我一个人？

舞台上面有一张小桌子，桌上放着一杯水。笑话书被我攥得太紧，书脊紧紧地抵着我的掌心，以至于在上面顶出了几道深深的凹痕。血液涌向这些凹痕，使得它们慢慢由白变红。

大家都在等待。我看见布莱克莫从剧场后面的两扇门里走了进来，我看见艾莉面带微笑，正和她的爸爸坐在靠近舞台的前几排正中间。我伸出双手提起一条腿，向前挪了一步。然后如法炮制，又挪动另一条腿跟着往前。我想着老妈的那句话，并在脑海中不断地重复了起来：我所说的每个字都很重要！我所说的每个字都很重要！我所说的每个字都很重要！

当最终来到舞台中央时，我敲了敲麦克风——它发出了嗞嗞的声响。我清了清嗓子，打开了手里的书，开口说道：“大大大大大大大大大大大大大大大大大大大大……”

我所说的每个字都很重要。

一阵咯咯的笑声忽然自剧场后面响起，一个男生大声喊了起来：“皮皮皮皮皮皮普！”紧跟着，更多的笑声纷纷响起。与此同时，我还看到一些孩子在剧场后面互相推搡笑闹了起来。

我停了下来，深吸了口气，喝了一口水。我所说的每个字都很重要，我所说的每个字都很重要。

然后，我又试了一次：“大大大大大大大大大大……”

我看了看观众，此刻，所有那些皱着眉的脸、微笑着的脸统统都在盯着我看。

然后我看了看老妈，看到了她脸上那隐藏着难过的微笑。为了她，我要把那种笑容赶走。不，不是为了她，而是为了我自己！我不想再让任何人为了我而露出那种笑容。我再也不要看到那种笑容，我必须要做点儿什么了。

我合上了手里的书，把它放在了小桌子上。接着，我把麦克风从架子上拿了下来，拖过了桌边的那把椅子，坐在上面。我跷起了二郎腿，整个身体像是全都陷进了椅子里。“我希希希希希希望各位现在哪哪哪哪哪儿也不去。”四下里忽然安静了下来，静得落针可闻，观众们在听，观众们真的都在听！“这样的话，我我我我们就可以一起待待待待会儿。”

说完，我又喝了一小口水。观众们笑了。而就在这一刻，我觉得一切开始起了变化。这变化我感觉到了，观众们也同样感觉到了。

当我再看向他们时，他们的表情和身体看起来与之前已经完全不同。他们变得轻松了起来，不再那么忧心忡忡了。他们在听了。我眼前的景色已经起了变化！现在，他们想听我说下去，他们开始有了兴趣，即使我口吃。而我，也开始有了想要讲下去的浓厚兴趣。

“大大大大大大家好，我叫比比比利·普林普顿，我有有有口口口口口吃。我本本本来是想和我的乐乐乐队成员们一起上来的，但他们放放放放了我的鸽子。”我又喝了一小口水。

观众席里有几个人发出了低低的惊呼：“啊？”

我继续说道：“也也也也许，他们是怕我把把把那些鸽子给炖炖炖炖炖了。”

观众们又笑了，在合适的地方发出了合适的笑声。这笑声听起来很棒，就像我做过的好梦里的笑声。

“有人建议我来来来这里讲些笑笑话，我当时就无语了……真是笑话，我往这儿一站，还还还还用讲吗？”我看见斯凯拉和她的妈妈站在后面，她们俩边笑边揉着眼睛。我还看见了爱博尔女士，她笑着拍了拍奥修先生的肩膀。现在，我开始享受说话了，开始享受这眼前的风景了。

“各位知知知道鼓的儿子是谁吗？呃，我还是让它它它自己来告诉你吧。”我走到架子鼓跟前，拿起鼓槌，飞快又熟练地敲出了一阵响亮的鼓点。鼓点停止时我开口说道：“你们听到它的回回回答了吗？它的儿子叫蒙……因为蒙在鼓里。”

观众们沸腾了，可我没停。我扭动身体，伸出手掌，假装成蛇头晃动的模样，嘴里发出了一阵咝咝的声响：“为什么蛇蛇蛇当不了乐队的鼓鼓鼓手？因为，它没没没有耳鼓。但一套架子鼓里必必必不可少的，就包括固固固固定在大鼓上面的这这这一对——耳鼓！”说到这里，我挥手在两个耳鼓上敲出了一段花式滚奏。在观众们的掌声和欢呼声中，我站起身来，把麦克风放回到了支架上。我边放边想着该说些什么收场。可就在放好麦克风的时候，我忽然意识到，我并不想就此打住，我还想说更多。

于是，我便继续说了下去。

“学学学学学学学学学学学学学学学学学学校……唉，学无止境啊，不是吗？！”观众笑得更厉害了，也更放松了，我能感觉得到，大家已经不再担心我了，“上上上学对我来说一直不不不大容易。但但对谁来说，都都都不容易，是吧。不管你你你是想变得正正正常些，还是你想跟数数数学打打打一场仗，都都都不容易。”

我微笑着看了看布莱克莫，他也对我报以微笑。

“即使我们不承认，但我们都有有有自己的仗仗仗要打。我我我的麻麻麻烦是我没法儿隐隐隐藏。我一战战战战战斗，所有人都听得见。但这也许并不是件坏坏坏坏事。

“也许看见害怕的东东东西，我们就就就会藏起来，但这样并不好。以前，我也不想这这这样做，不想像现现现现在这样说话，一点儿也不愿意，我想躲开它。我想等我变变变成了另一个人，等到我彻彻彻底摆脱了我的口口口口口口吃再上台。可可可现在，我就这样站在这儿，也没没没我想得那么糟糕。也也也许，我就就就这样也挺好的。”说到这儿，现场有人欢呼了起来，人们又开始使劲儿鼓掌。我再一次看向斯凯拉，知道自己接下来该说些什么了。

“我们都不一样。孩孩子、父母、老师……尤其是老老老老师。他们很不一样，我想你们明白我的意思。”

然后，我开启了我的老师模仿秀……整个剧场很快就陷入了疯狂之中。斯凯拉站起身来，从头到尾都在欢呼。我可以看到一些老师在担心，他们有些犹豫该不该让我继续。学生们揶揄科学老师爱打瞌睡……这合适吗？但当我模仿兰德尔先生一边挠着肚腩，一边飞快地做算术题时，即使是他们也忍不住哈哈大笑了起来。

“四四一十六。是的，再给我出一题，再来一题！我爱死数数数学啦！”我一边说着，一边假装自己变成了一只狗狗，“快扔个球给我，我爱数学胜过任任任何一个球！”说话间，我假装接球，坐下，伸出爪子，打滚儿……“我是一只很棒的数学小狗狗……勾股定理、代数、几何何何，谁也别想难住我！”然后我又打了个滚儿，坐起来时假装筋疲力尽，气喘吁吁。掌声再度响起，经久不息……

这时，我知道差不多可以收场了。我站起身来，拿起麦克风，看向了老妈——她满脸都是灿烂的笑容。她那漂亮的艺术体笔迹再度浮现在我的眼前，与此同时，一个想法忽然从我的脑子里冒了出来。

“我妈妈妈妈妈总跟我说，我所说的每个字都很重要。但这话不可能是真的，是是是不是？”听到我这么一说，老妈脸上不禁露出了一丝疑惑，“每个字？！老老老老妈，你这么一发话，搞得我压力巨巨巨大！”观众席上传出一阵温和的笑声，老妈也在笑，但她的脖子有些微微发红，“有些字眼，比比比如……放臭屁、脏袜子、粪球儿、寄生虫……好像也没那么重要。”

更多的人笑了起来，就连奥修先生也笑得捂起了肚子。

“我所说的话，每每每一字、每一句都很重要，真的吗？别别别以为我人小读书少，忽忽忽忽悠我可不太好。”

人们揉着眼睛，我不知道他们是在笑还是在哭。“巴巴巴巴黎是爪爪爪爪哇国的首都……我说的这句话不仅不重要，还是错误的！有时候，我说说说的话完全不对。我们大家……都是这样。就像格兰特先生总总总叫我鲍比一样！但老实说，格格格兰特老师，我不不不介意您这么叫我。”

老妈用手捂着嘴巴，边听边微微点头。我能感受到她此刻复杂的心情，所以我朝她挤了挤眼睛。“我会说说说一些刻薄的话（就像我对我妹妹说的一些话）、轻率的话（就像我对我的朋友说过的那些话）、有趣且富富富有诗意的话（希望就是我现在所说的话）……我可以随随随口说些什么，但下一刻立刻就又改改改变了主意。我也可可以说对不起。所所所以，我所说的并不是每个字都重要。但这没没没关系，对不对？不仅没关系，甚甚甚至还很了不起！今晚，我已经说说说说了太多，比任何人预想的都要多太多。我知知知道我老妈快要……泪流成河了，因为我读读读读懂了她的眼睛，不知道我现现现在去学游游游泳还来不来得及。谢谢！谢谢你们所有人！晚安！”

剧场里一片躁动，我以前从未听到过这么大的动静。所有人都站了起来，大多数的妈妈看起来都在抹眼泪，甚至一些爸爸也是如此。我站在舞台中央，沉默良久，不知道该做些什么。缓缓地，我抬起头，望向天花板，轻声说道：“我做到了，面包姥姥，就像我承诺您的那样。”最后，冲着所有的观众，我深深地鞠了一躬。站直身后，我把一只脚放在另一只脚的前面，伸出手掌，做出了小蛇向前游动的模样，敲着虚幻的两只耳鼓，告别了舞台。

第三十一章

雪人去超市蔬菜区干什么？
给自己挑鼻子。

才艺秀结束之后，老爸老妈紧紧地抱住了我，说什么也不肯松手。我也高兴得不行，甚至顾不上尴尬。当我终于抬起头来，离开老妈的怀抱时，艾莉和她的爸爸走了过来。艾莉的爸爸看起来很激动，开口对我说道："你的表演真是太不可思议了！我小的时候，要是能看到这样的表演就好了。"说着，他也给了我一个大大的拥抱！

艾莉没有拥抱我，只是笑着说："我觉得吧，你给所有人都留下了极其深刻的印象！干得好，比利，咱们回头再聊，好不好？"

看着他们离开教学大楼，看着艾莉的一头红头发消失在门口，我忽然感到浑身筋疲力尽。虽然身体筋疲力尽，可我的心里却是幸福无比。当我注意到眼泪从自己的脸颊上滚落时，我终于明白了一件事——为什么有时候明明很开心，老妈却还是要抹眼泪。当我擦拭眼泪时，奥修先生朝我走了过来，他甚至没有试图掩饰他的眼泪。他走到了我跟前，开口说道："比利·普林普顿，我从来没像现在这样为谁感动或骄傲过，一辈子都没有过，请允许我向你致敬。"说着，他竟然单膝跪地，假装朝我膜拜了起来。

"老师，您在在教室里可千千万别这么做啊。"我连忙笑着回应道。他站起身来，也给了我一个大大的拥抱。

电视台播出了才艺秀，在那之后，我好像成了个名人。他们还希望在新年的时候再对我做个专访！学校放假前的最后一天，一些学生来到了我们吃饭的桌子边上，说想让我在他们的午餐袋上签名！他们一直叫我"传奇"。

"常客"乐队现在又正式重新组队了。不管怎样，我更喜欢敲爵士鼓而不是玩什么摇滚乐。我们把所有乐器从剧场往音乐休息室搬时，布莱克莫看到我憋足了劲儿也拔不下来吊镲，帮我把它取了下来。

"普林普顿，也许……我可以给你们乐队做后勤。"

"好啊，但其实你还还可可以做更多，现在'常客'正缺个主唱，考虑考虑？布莱克莫，我肯定你有一副好嗓子，是不是？"

"这一点你不信还真不行，普林普顿。"说着，他便即兴来了一段高亢的歌剧唱腔，"哦……哦……哦……可爱多……哦……哦……哦……我只要一个……哦……哦……哦……快把它给我……"

"欢迎加入，主唱非你莫属！"谈笑间我俩走进了音乐休息室。

奥修先生坐在他的办公桌旁。我看了一眼手里的背包，从里面拿出了那个封面有鼓的笔记本。

“比利！”他笑着打起了招呼。

“老师，我想想到了一点儿要写的东西。”说着，我把笔记本递给了他。他从我手里接过了本子，翻开了封面。一张长长的清单占据了本子上好几页的空间，在从1到100的每个数字后面，都写着两个字——谢谢！

“比利·普林普顿，你这是想在一周之内让我掉两次眼泪啊，我是不会让你得逞的！过来，现在，咱们拥抱一下，然后暂时离开这里，明年再见，好吗？”

几天以后，我收到了苏寄来的圣诞卡和一张纸条，上面写着当她看到我在舞台上表演时她有多么自豪。老妈给她发了一个新闻集锦的视频链接，苏说她要把视频展示给她所有的客户看，以此来“激励”他们。

平安夜我们围坐在一起打牌。这个“我们”人数可不少，包括亚历克斯、乔希、马修、斯凯拉和我。另外，克洛伊还邀请了艾莎。像往常一样，她俩在屋子里跑来跑去。忽然，艾莎指着窗户尖叫了起来：“下雪了！”

等我们的扑克打完最后一局时，花园的地面上已经落满了薄薄的一层白雪。大家纷纷穿上外套，准备出去。我跑进了我的房间，准备换上滑雪裤和厚点儿的袜子。在衣柜里一通翻找时，我在一堆外套之中碰触到了一个硬硬的东西。我把它拿出来，看见了耐克的标志。就这样，面包姥姥收藏东西的鞋盒再次出现在了我的面前。我在床边坐了下来，立刻就忘记了外面的雪。我小心地撕开透明胶带，读起了里面所有的信件和便条。看着看着，我不禁觉得奇怪，我甚至记不起当时为什么自己要把这些东西藏起来。

我微笑着，把装有贝壳的小瓶放在了床头柜上。我随手写了一张便条，把它钉在了我的钉板上，钉在了扭仔的照片边上。接着，我把一张章鱼贺卡靠墙放在了书桌上面。最后，我把其余的东西都收进了盒子，把它放在了床下。有这盒子陪在身边，我很安心，觉得面包姥姥依然陪伴在我身边。

说来奇怪，有些东西上一刻还在让你心惊肉跳，但下一分钟你对它的害怕就烟消云散。又看了一眼瓶里的贝壳，我换好了衣服跑下了楼梯。我们把车上的积雪全都收集了起来，做了一大堆雪球。跟往常一样，老爸和老妈让我们拿雪球向他们进攻……大家都玩得很开心。在这一刻，我忽然意识到自己是多么幸运，尽管之前发生了那么多事情。我真是幸运，因为此时此刻，我的朋友和家人都环在我身边绕，满脸欢笑。

想到这里，我扔出了一个完美的雪球。雪球正好击中了老爸的脖子，碎开的雪沫纷纷钻进了他的外套。“哈哈！命中！”我大笑着叫道。

“好吧，比利·普林普顿，你成功地挑起了一场惊天大战！”大喊声中，老爸朝着我们发起了猛烈的反击……在雨点儿般的雪球攻击之下，我们几个全都大笑着躺在了雪地里。在那之后，我们合力给克洛伊堆出了一匹巨大的雪马。所以，从某种意义上说，她跟圣诞老人提出的心愿达成了。

圣诞节那天，我也得到了我想要的东西——一个漂亮的橙色行李箱留声机。它看起来非常棒，而且老爸还给我买了不少唱片。有音乐唱片，还有喜剧脱口秀唱片。天哪，我都不知道竟然还能用黑胶唱片灌录脱口秀！

唱片清单如下：

1. 蒙提·派森喜剧六人团
2. 迈尔斯·戴维斯
3. 莫堪比和怀斯秀
4. 北极猴子乐队
5. 艾拉·费兹杰拉
6. 憨豆先生
7. 涅槃乐队
8. 迪兹·吉莱斯皮

再次听到迈尔斯·戴维斯的曲子，这感觉真好。看着唱片封套上的一张张照片，读着里面一篇篇唱片曲目的背景介绍，我欣喜不已。我喜欢这些唱片和封面给我的感觉，它们有着一种很特别、很庄重的质感。我会好好地照顾它们，会用一块特制的绒布让它们保持清洁，就像奥修先生曾经给我们展示过的那样。

当面包姥姥最喜欢的歌曲响起时，我又重新读了一遍鞋盒里的所有信件。听着音乐，拿着那一小瓶贝壳，我慢慢地睡着了……在梦里，我看见了面包姥姥在和章鱼一起游泳……睁眼醒来的时候，我想象着面包姥姥戴着潜水面罩、通气管和脚蹼的样子，忍不住咯咯地笑了起来，一直笑到肚子疼。

第三十二章

蜜蜂们停在日历上——风和日丽。

离新年到来还有五分钟，老妈和老爸在楼下守岁。他们以为我睡着了，但此刻我很努力地保持着清醒。

现在，我花了很多时间在房间里听音乐，并且我用圣诞节得到的零花钱又买了几张唱片。我特别爱逛唱片店！我觉得老妈可能已经后悔他们给我买了留声机，因为她说：“有了留声机，我一天到晚都见不着你！”

今天午饭过后，老爸老妈说他们有个惊喜要给我，并说这个惊喜“有点儿不同”。我不知道他们在说什么，也无法从他们的表情猜出他们的想法。他们看起来像两个小孩，既紧张又兴奋。他们递给了我一个信封，让我打开。里面是一张黑白照片，看起来既奇怪又模糊。直到我看见照片左下角写着“普林普顿家的宝宝”时，我才意识到了那是什么。我抬起头来，只见他们拥抱着彼此，咧嘴大笑着说道：“你又要当哥哥了！”

我能听到他们在楼下说话的声音。现在，距离新年的到来只剩两分钟了。我觉得新的一年将会很棒。

当然，不是说所有的事情都会很棒。那是不可能的，而且即使是的话也会少了不少乐趣。十全十美不存在，对吗？生活没那么简单，是不是？比如说我，就是由许多不同的部分组合而成——好的，坏的，还有介于两者之间的。所有的这些，让我成为比利·普林普顿。

我能听见他们在楼下进行新年倒计时。而我，则随着这倒计时列出了一份我的终极年度清单，一份让我成为我的清单。

“十！”我叫比利·普林普顿，我是个喜剧演员。

“九！”我是个鼓手。

“八！”我是个哥哥。

“七！”我是个守门员。

“六！”我是面包姥姥的外孙。

“五！”我是一名演讲者。

“四！”我是一个爱写东西的人。

“三！”我是许多人的朋友。

“二！”我很了不起，独一无二，不可思议。

“一！”我很正常。

哦，差点儿忘了，我口吃。

新年快乐！

致　谢

咚咚咚！

是谁在敲门啊？

冬……是冬冬！

哪个冬冬啊？

哈哈哈哈哈哈……

动笔写这本小书之后没多久（当时，我还不知道这本书是否会出版），我就迷上了致谢这个部分。往往一进书店，我就会翻看一本又一本书的致谢部分。我想瞧瞧作者们都想感谢谁，同时也通过致谢想象作者的生活和写作过程。现在，我也写到了这儿，写到了我自己的致谢部分！

感谢我出色的经纪人克洛伊·西格，我永远也不会忘记收到你第一封电子邮件的那一刻。还有，马德琳·米尔伯恩的团队是最好的！感谢你们把比利的故事传遍世界。

感谢大西洋两岸学乐教育出版社的所有朋友！你们向我展示了“出版人”是多么非凡。哈丽特、皮特、詹妮、利亚姆、贝克、佩内洛普以及那些我未曾谋面的相关出版人——你们都非常专业。

安德鲁·班纳克，非常感谢您创作了这么漂亮的插图！还有我的编辑劳伦·福琼和大卫·莱维坦，你们太棒了，非常感谢你们认真敬业的校对工作。

此外，我还要感谢不少阅读了本书最初几稿的朋友。我们一起聊出了不少绝妙的想法。那个时候，比利还不是比利。苏普祖母、比恩祖母、乔尔斯、科莱特、本、珍还有布里奇特，你们不仅为我提供了积极的建议，还给了我希望。谢谢你们！

最后，我要感谢我的家人。感谢你们一直都在为我加油鼓劲儿！克莉奥睡前听我读了不少文稿，你是我最闪亮的星星！如果我能在现实生活中找到独角兽的话，那么它的主人肯定会是你。兰尼——没有你，这本书就不会诞生。我从你的生活中学到了太多关于生活的秘密。你不仅是我的灵感来源，更是我的小小校对员，任何问题都逃不出你雄鹰一样的眼睛！还有罗布，你总是在埋头看书。所以，应该有一本书的致谢部分提到你才合情合理。感谢你们！